노숙
인생

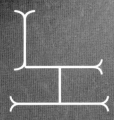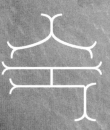

Une vie
à coucher dehors

실뱅 테송
백선희 옮김

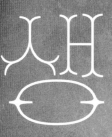

Sylvain
Tesson

mujintree
뮤진트리

▪ 일러두기

– 이 책은 실뱅 테송의 《Une vie à coucher dehors》(Gallimard, 2009)를 우리말
  로 옮긴 것이다.
– 책은 《 》, 신문·잡지·영화는 〈 〉로 표기했다.
– 옮긴이 주는 본문 하단에 각주로 표기했다.

차
례

영원 회귀의 요정에게

아스팔트

1

－개새끼!

술병들이 부딪치는 소리가 한참 동안 나더니 배달차가 보였다. 매일 저녁 똑같은 장면이 연출되었다. 에돌피우스는 트럭이 지나가도록 한쪽으로 비켜서고는 목도리로 코를 막았다. 그래도 먼지가 콧속 점막에 들러붙어 입속에서 연고 맛이 났다. 그는 기침했고, 침을 뱉었으며, 목이 멨다. 거무스름한 침 한 줄기가 수염 속으로 흘렀다. 그러자 그는 배달차와 길에 대고, 자기 삶에 대고 욕설을 쏟았다. 고작 먼지에 대고 고함지르는 신세라면 이 땅에서 크게 무게가 나가지 않는 인간이다.

에돌피우스가 밭에서 자기 집까지 돌아가는 데는 30분이 걸렸다. 그는 마을 한가운데에 자리한 목조 주택에 살고 있다. 여름에는 어깨에 낫을 메고 겨울에는 가래를 메고 길을 걸었다. 그는 천천히 걸었다. 담배와 독한 자두술에 삭아버린 그의 심장은 긴 보폭을 감당할 만큼 세차게 뛰지 못했다. 그는 쉰 살이었고, 몸은 망가졌다. 트살카 마을은 구불구불한 언덕으로 둘러싸인 호숫가에 세워져 있었다. 화산 토양, 푸르디푸른 목초지. 능선 꼭대기에서 흘러내린 용암 토사물이 산비탈의 주름을 이루었다. 분출된 용암을 초원이 뒤덮었다.

여름이면 꽃들이 탐스럽게 피었다. 양떼는 온 산을 먹어치우진 못하리라는 걸 느끼고 잔뜩 흥분했다. 녀석들은 성이 나서 마구 씹어댔다. 언덕마다 풀 베는 사람들이 가득했다. 낫이 춤을 출 때마다 할미새들은 곤충을 잔뜩 집어삼켰다. 풀을 베고 말리는 일은 한 달이나 계속되었다. 사내들은 저마다 낫의 날을 갈았다. 돌멩이가 금속에 닿으면서 마찰음이 났다. 여자들은 주둥이가 좁은 단지에 카케티 와인을 가득 채워 왔다. 그게 시금털털한 질 나쁜

노숙 인생

와인이라는 걸 인정할 조지아 사람은 한 명도 없을 것이다. 저녁이면 수레마다 건초가 가득 실렸다. 각 가족은 농가로 수확물을 가져갔다. 에돌피우스는 수레도 없었고, 다른 사람들의 밭에서 품팔이로 일했다. 그는 일이 끝나면 홀로 걸어서 귀가했다.

석양이 골짜기를 황금빛으로 물들이고 있었다. 오래전, 에돌피우스는 소련이 아직 건재했던 시절에 콤소몰[1] 청년들과 함께 레닌그라드의 에르미타주 미술관에 간 적이 있다. 거기서 네덜란드 화가들이 그린 전원 풍경들을 보았다. 그 그림들은 이곳과 똑같은 빛에 잠겨 있었다. 그러나 그곳 마을들이 훨씬 잘 관리된 듯 보였다.

트럭은 석양의 붉은 너울을 달고 돌아왔다. 에돌피우스는 자욱한 먼지구름을 뒤집어썼고, 그러자 다시 단언했다. 더는 이렇게 둘 수 없어. 유리에게 말해야겠어. 트살카를 가로지르는 도로는 올리안지 마을을 거쳐 바투미 시로 이어졌다. 바다에서 100킬로미터 떨어진 그곳까지 가려면 덜컹거리는 요동을 6시간이나 견뎌야 했다. 초반에 만

---

[1] 1918년에 조직된 소련의 공산주의 청년 동맹.

나는 꼬부랑길들은 숲으로 이어져 공기가 촉촉해졌고, 길이 서른 번이나 꼬부라지고 나면 올리안지였다. 튀르키예인들의 살육[2] 시절에 아르메니아인들이 세운 검은 돌집이 군데군데 보였다. 길은 그 후 강을 따라 내려가면서 다리 몇 개를 지났다. 쾌적한 세 시간이었다. 사람들은 멈춰서서 낚시를 했고, 잡은 물고기를 불에 구웠다. 붉은 군대 시절에 조지아는 낙원처럼 여겨졌다.

에돌피우스는 곰곰이 생각했다. 어째서 그의 마을 트살카에는 도로가 자갈길 하나뿐인지 자문했다. 아스팔트가 나머지 온 세상을 뒤덮고 있는데 말이다. 아프리카에서조차 도시들은 덤불숲을 가로지르며 검은 혀를 내밀었다. 최후의 흑인까지 온 인류가 타르를 밟고 다녔다. 온 지구의 들판에 현대문명이 흘러넘쳤지만, 조지아의 돌이킬 수 없이 낙오한 아성인 트살카는 그 춤에 끼어들 권리가 없었다! 이곳 사람들은 계속해서 먼지 속에 폐를 토해야 했고, 진흙탕을 철벅거리며 다녀야 했다.

에돌피우스는 심사가 뒤틀렸다. 조지아는 캅카스 산록

---

2) 제1차 세계대전 당시 오스만투르크가 아르메니아인들을 학살한 사건.

지대에 좌초한 늙은 창녀였다. 그녀는 모두에게 몸을 내주었다. 튀르키예인들, 러시아인들, 심지어 그리스인들까지 협로로 침투해 이곳까지 왔다.

그러나 영광의 시절도 있었다. 예전에 튀르키예는 조지아의 손아귀에 붙들려 있었다. 난공불락의 기독교 요새들이 아나톨리아 봉우리마다 세워졌고, 니노[3]의 십자가가 지중해 해변까지 떠다녔다. 오늘날 이 나라는 아무 무게도 나가지 않았다. 신문에서는 이를 **국가의 쇠퇴**라고 명명했다.

그는 어느 개미집 앞에 멈춰 섰다. 그 작은 언덕을 그는 너무도 잘 알았다. 그것은 길의 중간 지점에 놓인 일종의 경계석이었다. 그는 주머니에서 술병을 꺼내 한 모금 마셨다. 술이 들어가자 식도가 타는 듯 화끈거렸다. 그는 다시 한 모금 꿀꺽 마셨다. 이번에는 시큼한 맛이 느껴졌다. 그는 오른손으로 살짝 개미집을 두드렸다. 개미들이 혼비백산했다. 몇 마리는 그의 손에 기어올라 살갗을 깨물었다. 그는 개미들을 털어냈다. 곤충들은 개미산을 그의 손

---

3) 조지아에 기독교를 전파한 여성으로, 조지아의 사도로 여겨진다.

바닥에 뿌렸다. 그 액체가 그의 오른쪽 콧구멍으로 튀어들자, 암모니아 성분이 그의 비강을 찢었다. 그는 눈을 반쯤 감은 채 살아서 꿈틀대는 둔덕에서 보병 종대들이 쏟아져 나오는 걸 응시했다. 그러곤 프롤레타리아의 마약을 입속에 막 털어 넣었다.

– 이 곤충 새끼들조차 우리보다 잘 돌아다니잖아!

그는 개미집을 냅다 걷어찼다. 작은 바벨탑은 박살이 났다.

유리 아스팔타슈빌리는 시청 회의실에서 시의회 회의를 주재하고 있었다. 개자리 밭에 우뚝 서 있는 스탈린 조각상의 운명에 대해 논의하는 자리였다. 마을에서는 그걸 무너뜨리자는 의견이 많았다. 공산주의를 청산하기 위해서가 아니라 바투미 항구에서 아연이 비싸게 거래되기 때문이었다. 시의원들이 전날 신문에 실린 원자재 시세를 읽어주는 보좌관의 말에 귀 기울이고 있을 때 에돌피우스가 들어섰다.

– 그만, 낙오자 패거리들 같으니! 당장 그만둬요!

에돌피우스가 문을 세차게 미는 바람에 게시판이 벽에

부딪혀 요란한 소리가 났다. 시장의 여비서가 비명을 억누르고 말했다.

　– 에돌피우스, 할 말이 있으면 아나타시아 페트로브나에게 약속을 잡아요. 그러면 다음 시의회 때 발언할 수 있을 거예요.

　– 유리, 더는 이렇게 살 수 없어. 온 지구가 아스팔트로 뒤덮였다고. 트살카만 빼고. 우리는 세상의 조롱거리야.

　– 에돌피우스, 우린 일하고 있어. 주정뱅이에게 내줄 시간이 없다고. 꺼져!

　– 우리에게도 아스팔트가 필요해! 우리는 이 산속에서 감옥에 갇힌 신세란 말이야!

　시의원인 수의사는 트빌리시의 레슬링 챔피언이었다. 그가 에돌피우스를 거리로 내쫓았다. 에돌피우스는 균형을 잃고 진흙탕 속으로 고꾸라졌다. 수거위 두 마리가 그의 장딴지를 물었다. 시의원들은 문을 다시 닫고 회의를 이어갔다.

2

－100그램.

에돌피우스가 타마라에게 말했다.

그는 구석에 앉아 보드카 잔을 두 손으로 붙잡고 있었다. 카페는 1950년에 문을 열었다. 당시에는 수력발전소 노동자들에게 **문화클럽** 역할을 했다. 공간이 넓어서 거기서 춤까지 출 수 있었다. 소련이 몰락한 뒤로도 레닌의 초상화는 그대로 걸려 있었다. 에돌피우스는 그걸 뚫어지게 응시했다. 희끄무레한 불빛 때문에 블라디미르 일리치 울리아노프는 안색이 나빠 보였다. 그늘이 드리워 그의 아시아인 이목구비가 도드라졌다. 그는 튀르키예－몽골 혼혈인 같아 보였다. 에돌피우스는 열여덟 권짜리 러시아어 판본으로 된 이 지도자의 전집을 내내 긴장을 풀지 않고 읽은 적이 있다. 그는 타마라와 말하고 싶었다. 타마라는 친절한 종업원이었다. 하지만 술병이 진열된 벽에 설치된 오디오 세트가 러시아 팝 음악을 토해내고 있었고, 볼륨이 커서 어떤 대화도 불가능했다. 옆자리 사람들은 아무말 없이 술만 마시고 있었다. 그는 타마라에게 음악을 꺼달라는 신호를 보냈다.

– 뭘 원한다고? 그녀가 말했다.

– 내가 원하는 건 아스팔트야.

그는 옆자리 사람들에게 말을 걸었다.

– 당신들은 자갈길에서 덜컹거리느라 피곤하지 않나?

– 입 다물어, 에돌피우스, 손님들을 성가시게 하지 말라고.

– 당신들 꼴을 좀 보라고! 이미 죽은 사람들이잖아! 온 세상이 벨벳 위를 달리는데 우리 트살카는 아스팔트 깔차를 올라오게 할 능력이 없다니!

그는 동전을 탁자 위에 던지고 바를 떠났다. 그가 문턱을 넘어서자 타마라는 라디오를 있는 대로 크게 틀었다. 바에서 집까지는 5백 미터 정도 거리였다. 에돌피우스는 멀리서까지 음악을 들었다. 지금은 시베리아 힙합의 스타인 그 바보 같은 피오도르가 바보 같은 노래를 하고 있었다. "아침에 술을 마시면, 온종일 자유로워…." 그의 딸들은 피오도르를 좋아했다.

하수관이 터져서 도로가 진창이었다. 웅덩이에 그의 발이 빠지면서 어느 집 울타리 너머의 돼지 한 마리를 깨웠다. 개들이 짖어댔다. 흰색 볼가 한 대가 지나갔다—헤드라이트를 환히 켜고. 그의 셔츠에 진흙이 튀었다. 그는 푸주한 피오트르의 자동차를 알아보았다. 작년에 이 자동차가 마을 한가운데에서 진창에 빠진 적이 있었다. 진창에서 차를 꺼내기 위해 올리안기의 트랙터를 불러와야만 했다.

－당신은 러시아인들의 시간이 되어야 귀가하고, 악취도 심해.

에돌피우스는 아내의 말에 대답하지 않았다. 타티아나와 옥사나는 하나뿐인 비디오 게임기를 두고 싸웠다. 그는 딸들에게 뽀뽀를 하려고 불렀지만, 이어폰을 이길 가능성은 전혀 없었다. 에돌피우스의 쌍둥이 자매는 열여덟 살이어서 아버지랑 아무런 할 말이 없었다. 그 아이들은 도시를 꿈꿨고, 온종일 빈둥거렸다. 텔레비전은 세상에 대한 앎을 제공했다. 그들은 화면에 붙어서 살았다. 그들은 밭 냄새를 좋아하지 않았고, 숲의 어둠을 무서워했으며, 소젖을 짤 줄 몰랐다. 그들을 무기력 상태에서 빠져나오게 할 유일한 방법은 도시로 갈 가능성을 제공하는 것이었다. 에돌피우스는 딸들을 위해 이곳에 아스팔트를 들여

노숙 인생

올 작정이다. 아스팔트가 딸들을 구원할 것이다.

마을의 모든 청소년은 도달할 수 없는 별과도 같은 바투미에 집착하며 살았다. 그곳 술집들은 아제르바이잔 원유를 가득 싣고 보스포루스로 향하는 유조선들이 모여들어 휘황하게 불 밝힌 항만 앞에서 양고기 꼬치를 구워댔다. 나이트클럽들은 섹스하고 싶어 안달난 사람들로 아침 6시까지 북적였다. 트살카의 청년들은 기회만 나면 버스에 올랐다. 그들은 덜컹거리는 요동을 견뎠고, 6시간 후에는 도시가, 새로운 삶이 펼쳐졌다. 그러면 그들은 그곳에 자리 잡고 더는 되돌아가지 않을 꿈을 꾸었다. 이 추세를 뒤집으려면 트살카를 제 시대와 이어줘야만 했다.

가을까지 에돌피우스는 분투했다. 저녁마다 밭일을 끝내면 공립학교에서 모임을 기획했다. 교사 프렌티스는 처음부터 동맹이었다. 그도 먼지 덮인 길이 일방통행이라는 걸 알았다. 아이들이 그 길을 따라가서 다시 돌아오지 않는 것이다. 인간들의 떼 지은 이동은 되돌아오지 않는다.

처음에 농민들은 그 제안에 불만을 표했다. 그들은 에돌피우스와 프렌티스가 시의회에 한 자리를 차지할 심산으로 술책을 부린다고 생각했다. 사람들은 변화를 원치 않았다. 시장은 부패했지만, 그의 후임자는 어쩌면 더 부패할지도 모른다. 트살카가 살아남은 건 조금도 달라지지 않았기 때문이다. 이곳 사람들은 선동자들을 경계했다. 정치적 반체제파인 안나 푸가차빌리가 자기 아파트 문턱에서 살해당했을 때 사람들은 그 여자가 그런 일을 당할 만했다고 웅얼거렸다. 주변을 둘러보면 모든 게 화산 그늘에서 잠든 듯 보였다. 3킬로미터도 채 안 되는 거리에 세 공동체로 이루어진 작은 마을들이 있었다. 그리스인, 아르메니아인, 그리고 아제르바이잔인이었다. 그들은 동글동글한 자갈이 깔린 도로로 서로 이어져 있었다. 자동차에는 지옥이고, 자전거에는 악몽 같은 길이었다. 아르메니아인들은 아제르바이잔인들을 증오했고, 아제르바이잔인들은 그리스인들을 증오했다. 증오 덕에 모두가 조용히 살수밖에 없었다. 그렇지 않으면 죽음이었으니까.

2호 상점─1호와 3호 상점이 망한 뒤로 트살카에 남은 유일한 상점이다─의 여주인인 아르데미스가 우유부단한 마을 사람들의 유일하게 민감한 지점을 공략했다. 바로 자존심이었다. 그녀는 어느 날 저녁 학교에 나타났다. 회의실은 거의 비어 있었다. 그녀는 아스팔트를 지지

한다고 대뜸 선언했다. 배달 트럭이 가게에 물자를 공급하러 더 자주 오지 않는 걸 언제나 유감스럽게 생각해왔다는 것이다. 그녀가 주문을 넣는 바투미의 도매상은 트살카 길로 배달원을 보내는 걸 꺼렸다. "쇠똥 냄새 풍기는 촌뜨기"들에게 식료품을 조달하느라 자기 트럭들을 망가트리고 싶지 않다는 것이었다. 배달원은 아르데미스에게 도시에서는 그들을 그렇게 부른다고 털어놓았다. 그녀는 그 말을 에돌피우스에게 거듭 말했고, 에돌피우스는 기독교 신자들을 집결시키기 위해 그 모욕을 낚아챘다. 교사는 전단을 만드는 걸 도왔다. 두 남자는 전단 150장을 마을 울타리마다 붙이느라 밤을 꼬박 새웠다. 그 전단은 "쇠똥 냄새 풍기는 촌뜨기로 남고 싶지 않은 사람들에게"로 시작되었다. 그 뒤로 "저 아래 사람들"의 욕설을 아스팔트에 묻어버릴 것을 마을 사람들에게 촉구하는 스무 줄의 서정적인 문장이 이어졌다. 이 호소문은 트살카 시민들에게 회의에 합류하라고 재촉했다. 이 지역 지사에게도 압력을 가해야만 했다.

이 모욕이 사람들의 감정을 건드렸다. 전단은 전격적인 효과를 냈다. 이튿날 저녁, 사람들이 학교로 몰려들었다.

저마다 도로에 타르를 깔 바람을 품고 왔다. 저마다 개인적인 이유를 내세웠다.

간호사가 말문을 열었다.

− 봄마다 주도로는 진흙으로 뒤덮여 시궁창이 되죠.

에돌피우스의 쌍둥이 자매는 당당했다. 도시와의 연결로 열릴 여러 전망을 열거했다.

− 트살카는 고립된 채 남아 제 운명을 회피하고 있다고요. 타티아나가 말했다.

둘 중 옥사나가 더 깊은 인상을 남겼다. 텔레비전 토론을 이제 막 보고 온 그녀는 압카지의 한 의원이 카메라 앞에서 상대가 지쳐서 손들게 한 말을 그대로 반복했다.

− 세계화의 박동에 우리 농촌도 맥박을 맞춰야 할 때예요. 미래 세대들은 나라의 거리를 단축한 우리를 찬양할 거라고요.

− 트살카도 세기의 행보를 외면할 순 없어요. 에돌피우스가 한술 더 떠서 말했다.

마을에서 가장 부유한 축산업자인 시메옹과 검은 곱슬머리 사제 힐라리온만 다른 목소리를 냈다.

− 우리는 유일한 행운을 누리고 있는 겁니다. 트살카의

상황이 우리를 외부 침략으로부터 보호해주는 거요. 아스
팔트를 깔면 난장판도 기어들어 올 겁니다.

　– 이 말이 맞아요. 이 길은 우리의 요새라고요!

　힐라리온이 말했다.

　모두가 그들에게 야유를 퍼부었다.

　에돌피우스와 프렌티스는 마을 주민들의 이름으로 탄
원서를 작성했다. 에돌피우스가 자신에 맞서 뭔가를 꾸미
고 있는 게 아니라는 걸 깨달은 시장도 운동에 합류했다.
만장일치로 통하는 분위기였기에 그는 아스팔트 까는 일
에 반대하지 않았다. 다음 일요일에는 탄원서가 준비되었
다. 에돌피우스가 목소리 높여 그걸 읽었다.

　그것은 사라지고 싶지 않은 작은 마을이 보내는 수줍
고, 감동적이며, 조금은 우스꽝스러운 구조요청이었다. 바
다에 빠진 사람처럼 트살카의 주민들은 구조대가 그들을
버리고 떠나지 않도록 손을 흔들었다. 에돌피우스는 아스
팔트 도로를 "물에 빠진 사람에게 던지는 밧줄"에 빗대며
구조의 은유를 펼쳤다. 탄원서 글은 이 마을이 빙하를 원
형극장처럼 두르고 있고, 팔각형 지붕의 오래된 교회도
있는 매우 아름다운 곳이어서 관광객을 이곳까지 올라오

게 할 수 있다고 밝혔다. 탄원서를 받을 도지사는 시장 경제에 경도된 인물이었다. 마지막 몇 줄에는 스키 산업 발전의 가능성도 살짝 비쳤다. 조지아에서 동계스포츠는 겨우 걸음마 단계였다. 석유산업으로 부자가 된 아제르바이잔 사람들, 손가락에 털이 북실북실한 튀르키예 사람들, 트라브존의 상인들과 에르주룸의 거물들이 이따금 눈과 신선한 육신을 찾아 캅카스산을 찾곤 했다. 트살카를 스키장으로 만드는 건 간단할 것이다. 전나무숲은 산장들에 땔감을 제공할 테고, 스키 타는 사람들의 원기를 회복시켜줄 양배추에 속을 채울 줄 아는 아낙네들이야 마을에 넘쳐났다. 그러나 이런 계획을 성사시키려면 아스팔트가 필요했다. 시장은 탄원서에 서명했고, 시 인장까지 찍었다. 청원서는 공식 서류가 되었다. 다음날, 에돌피우스가 도시와 끈을 이어주는 버스를 타고 가서 직접 서류를 제출하기로 결정되었다.

공사는 6월에 시작되었다. 바투미 도지사의 비서실에 전달된 트살카 주민들의 청원은 행정기관에서 매우 진지하게 고려되었다. 서류는 여러 단계를 거친 뒤 도지사의 집무실에 도착해서 책상 위에 내려앉았다. 그 책상에서

노숙 인생

어떤 서류는 다시 떠나지 못했다.

그해, 정부는 이 지역 도로에 아스팔트를 까는 일에 전과 마찬가지로 신경 쓰지 않았다. 하지만 국가는 미국의 한 석유회사의 송유관이 국토를 통과하게 허용하는 계약을 막 체결했다. 합의 조항에 따르면 석유회사는 송유관 경로에 기반 시설이 부족할 경우 해결하게 되어 있었다. 그렇게 해서 트살카 도로의 아스팔트 포장은 조지아의 방대한 도로 보수 계획에 포함되었다. 에돌피우스가 운 좋은 곳에, 운 좋은 때에 자리하게 된 건 평생 처음이었다.

엔지니어들은 오래된 길을 평평하게 다졌다. 기계로 표면을 연마하자 비탈진 땅이 매끄러워졌다. 인부들은 기반 작업을 위해 암석 조각과 역청질 자갈을 쏟아부었다. 도로를 안정시키기 위한 도면 다지기가 시작되었다. 에돌피우스는 작업에 관심을 보였고, 여러 팀이 교대로 근무하는 틈에서 주인 행세를 하며 반장들과 안면을 텄다. 그들은 호의를 보이며 그에게 사소한 일을 맡겼고, 그는 진지한 경비 역할로 보답했다. 그는 작업반장이 차량 통행을 위해 남겨둔 반쪽 길에서 통행을 제어해야 했다. 그래서 반사 조끼와 모자, 'STOP'이라는 네 글자가 박힌 나무 표지판까지 갖췄다. 때로는 사흘 동안 지나가는 차가 한 대도 없었다. 에돌피우스는 꿋꿋이 서서 지평선을 살피며 임무를 이행했다. 차량이 다가오면 그는 몸으로 막아서며 권위적인 몸짓으로 표지판을 흔들며 외쳤다. "스톱". 운전자는 창문을 열고 비아냥거렸다.

– 그래, 타르는 어찌 됐나?

– 곧 오네!

그리고 타르가 도착했다.

먼저 노반에 석회를 더한 후 역청을 섞은 시멘트와 아스팔트를 부었다. 이 도포 작업은 바투미에서 출발해 트살카를 향해 올라왔다. 그것은 일 킬로미터씩 정복하며 다가왔다. 콤프레샤의 롤러가 바닥을 평평하게 다지는 걸 보며 에돌피우스는 날이 넓은 칼로 슈트루델에 크림을 매끄럽게 바르던 유대인 제빵사 트빌리시를 떠올렸다. 그는 추위에 김을 내뿜는 그 검은 유약이 멋지다고 생각했다. 나무통 속에서 태워지는 타르 냄새가 그에게 짜릿한 흥분을 안겼다. 진보의 냄새는 살을 태우는 맛을 풍겼다.

인부들의 막사는 길이 구불구불 굽이치기 시작하는 바로 그 지점, 산록지대에 세워졌다. 화목 난로로 덥히고, 발전기로 불 밝히는 함석 막사들 내부는 매일 저녁 흥거운 분위기에 휩싸였다. 그들은 하차푸리[4]와 레드 와인, 소련 시절의 기억을 함께 나누었다.

이 공사장은 온 나라에 안전의 모범 사례로 제시되었다. 아스팔트 백 킬로미터를 포장하는 동안 일어난 작은 사건 세 가지만 아쉬웠다. 한 인부가 첫 일 킬로미터를 축하하려는데 보드카가 없어서 부동액을 마시는 바람에 장에 구멍이 뚫렸다. 또 다른 인부는 콤프레샤가 지날 때 길에서 최대한 늦게까지 발을 안 빼겠다고 내기를 걸었고, 내기에서 이겼다. 마지막으로, 강에 전복된 굴착기에서 작업반장의 시신이 발견되었다. 그는 만취한 날 밤에 "식료품을 사러 가려고" 굴착기를 몬 것이다. 트살카 도로 위에는 그를 추모하며 세운 작은 봉헌물이 지금도 남아 있다.

아스팔트는 6월 21일에 트살카에 도달했다. 이 날짜는 길일이었다. 조지아의 신들이 하지夏至에 맞춘 것이다. 시장은 "마을의 새로운 여름"을 거론했다. 그는 파벨 네프츠키의《소련의 타르와 역청사瀝青砂에 관한 개론》을 인용하

---

4) 조지아 전통음식.

며 연설을 마무리 지었다. "우리가 지구 심층에서 꺼내어 다시 지구 표면을 덮는 아스팔트는 우리가 공간에서 해방되도록 시간이 우리에게 내준 현재입니다." 사람들이 전혀 알아듣지 못한 이 번개 같은 말에 우레와 같은 박수가 쏟아졌다. 바투미의 엔지니어들, 큰 공사의 자금 조달에 참여한 숩사Supsa 터미널의 석유업자들, 그 지역 국회의원들, 트빌리시의 시장이 초대받고 와 있었다. 트살카 도로는 국가의 상징이 되었다. 정부에 우호적인 신문들은 "세계화의 탱고가 한창인 무대 위에 조지아의 한 마을을 올려놓은" 그 기획을 치하했다. 유럽 개방에 적대적인 공산주의자들은 영미 자본이 조지아 개발에 물을 댄다는 사실에 격분했고, 스탈린 신문의 편집자가 쓴 표현을 빌리자면 "볼가[5]의 바퀴들이 돈을 대는 자들의 의도보다 덜 시커먼 역청 위를 위태롭게 구르게 된다"며 한탄했다. 텔레비전 채널 1은 6월 21일의 행사를 촬영했다. 트빌리시에서 파견된 한 여성기자가 에돌피우스를 인터뷰했다. 브라스밴드가 민그렐리아 곡들을 연주했고, 경리과에서 예상

---

5) 1956년부터 생산된 소련제 고급 승용차.

노숙 인생

하고 준비해둔 소시지가 오후 네 시에 벌써 동이 났다. 와인마저 동날 듯하자 시장은 술이 떨어지는 일이 없게 술통 다섯 개를 따도록 카페 여주인에게 250달러를 현금으로 선지급했다. 오직 힐라리온 사제만이 자기 입장을 견지했다. 그는 축연에 합류하지 않고 성상 앞에 남아서 학교의 합창대가 연단 위에서 교사가 작곡한 '타르 찬가'를 부르기 시작하던 순간에 조종을 울렸다.

우리를 실어가는

타르 덕에

죽었던 트살카가

되살아났어요!

우리를 화들짝 깨우는

아스팔트 덕에

잠자던 트살카가

활기를 되찾았어요!

3

아스팔트는 다원주의적 특성을 띤다. 그것의 확산은 인간 집단의 행동을 변화시킨다. 타르로 나머지 세상과 연결된 마을 사람들은 단 몇 달 만에 낙후성을 따라잡는다. 트살카는 그런 가속을 경험했다. 2주가 지나자 거리는 알아볼 수 없게 되었다.

에돌피우스는 아스팔트를 탯줄에 비교했는데, 실은 그 이상이었다. 그것은 아래쪽의 풍습을 방목지 기슭까지 공급해주는 대동맥이었다. 네온사인들이 피어났다. 창가마다 파라볼라 안테나가 돋아났다. 어느 날 타마라는 레닌 초상화 아래 '광역 인터넷'이라는 팻말을 내걸었다. 진열창에는 여성용 속옷, 열대어 수족관, 실내용 자전거 등, 그들이 존재조차 짐작하지 못했으나 필수품이 된 상품들이 등장했다. 펩시콜라 광고판도 버스 정류장의 시멘트 박공 위에서 깜빡였다.

일부 주민들은 도시에 길들었고, 또 다른 주민들은 아예 그곳을 자기 동네로 삼았다. 교통이 끊이지 않았다. 젊은 사람들은 주말에 바투미로 내려갔다가 월요일에 마을로 돌아왔다. 여자들은 토요일에 바투미로 가서 장을 보았다. 에돌피우스는 밭으로 가는 길에 더는 기침을 하지 않았다. 며칠 동안은 자동차가 지나갈 때마다 손수건을 입에 대며 몸을 숙이는 반사행동을 하다가 얼마 후 그리지 않게 되었다.

이동의 흐름은 한여름에 뒤집혀서 도시를 향해 내려가는 낡은 차들보다 마을로 올라오는 큰 차들이 더 많아졌다. 작은 골짜기 깊숙이 둥지를 튼 푸른 안식처가 자동차로 갈 만한 거리에 있다는 소문이 바투미의 부유한 동네로 금세 퍼진 것이다. 도시 사람들은 고지대로 모험을 나섰고, 대담하게 마을로 들어섰다. 약국 여주인이 첫 민박을 열었고, 곧 집집마다 숙식 제공 민박 가격표를 내걸었다. 시청에서는 리프트 장치 건설을 고려하기 시작했다. 가을에는 첫 외국인이 찾아왔다. 가운데 가르마를 타고 흰 셔츠를 입은 모르몬교인 미국인이었다. 그는 여종업원 타마라를 사랑하게 되더니 누구에게도 선교하려 들지 않았다. 아스팔트는 새로운 피를 끌어들였다. 트살카는 마침내 살아났다.

에돌피우스의 쌍둥이 자매는 주중 시간을 왕래하는 데

허비했다. 타티아나는 바투미에서 부유한 조지아 사람들을 위해 바닷가에 자리 잡은 주점 갈랑Galant에 취직했다. 그녀는 금요일 저녁부터 일요일까지 신흥부자 러시아인들과 트빌리시의 사업가들에게 마르가리타 칵테일을 내놓았는데, 그들 모두는 끝이 각지고 반짝거리는 신발을 신고 유리 커프스단추를 차고 있었다. 눈동자가 보라색인 그녀가 핫팬츠를 입는 방식은 손님들을 달뜨게 했다. 그녀는 마치 피부에 천이 닿는 걸 견디지 못하는 것 같았다. 니켈 수출로 부자가 된 서른세 살의 사업가 부스탄은 연이어 다섯 번의 주말을 그녀만 바라보며 보냈고, 여섯 번째 주말에는 그녀를 계산대 너머로 건너오게 했다. 그는 비싼 뵈브-클리코 샴페인을 얼음통에 바로 따라서 마시고, 크림색 허머를 타고 달렸다. 타티아나는 니켈 도매상이 자동차 수납칸에 45구경 권총을 넣어두고 앞 선반에는 검은 선글라스를 쓴 고릴라를 얹고 다니는 이유를 도무지 이해하지 못했지만 아무 질문도 던지지 않았다. 그건 부스탄이 그녀에게 친절했기 때문인데, 소련 이후의 대혼란 상황에서 그런 태도는 보기 드문 것이었다. 이곳 사내들은 오직 여자들의 거기에만 관심을 가졌고, 개를 대하듯 여자들을 대했으니 말이다.

가을날 어느 월요일 아침, 부스탄이 트살카로 왔다. 젊은 사업가는 에돌피우스를 만났고, 타티아나의 어머니에게 분홍색 백합 다발을 건넸다. 그들은 그 청년이 손도 너무 보드랍고 체형도 너무 살쪘다고 생각했지만 그를 좋게 보았다. 그는 돼지를 실제로 본 적이 없었기에, 옛 문화 클럽 옆에 붙어 있는 돼지우리는 그의 기억과 벨루티 가죽 제품에 지울 수 없는 흔적을 남겼다. 그는 다음 주말에 타티아나를 다시 찾아왔고, 금요일 저녁에 와서 시골 연인을 바닷가로 데리고 가 이틀 동안 정사를 나누고 월요일 아침에 마을로 데려다주는 것이 점차 습관으로 자리 잡았다.

예전에는 길 때문에 느리게 갈 수밖에 없었다. 사람들은 풍경 구석구석을 알았으며, 사고 때문에 슬퍼할 일이 없었고, 시간적 여유는 있었으나 선택의 여지는 없었다. 멋진 새 아스팔트 위에서는 달랐다. 모두가 돌진하면서 피가 뜨거워졌다. 가속기는 덜컹거리는 요동을 몇십 년간 견뎌온 마을 사람들의 분을 풀어주었다. 그들 중 일부는 광분했다. 덜 바쁠수록 더 가속했다. 순수한 백수가 최악이었다. 그들은 아무 일도 일어나지 않는 장소들을 가능한 한 빨리 떠나 딱히 더 할 일이 있지도 않은 곳으로 로켓처럼 달려가려고 안달했다.

부스탄은 도시와 트살카 사이를 오갈 때마다 시간을 쟀다. 허머가 기록을 폭파하기에 가장 적합한 기계는 아니었지만, 그는 46분까지 단축했고, 기록을 더 깰 작정이었다. 타티아나는 사고를 한 번도 본 적이 없어서 속도에 동요되지 않았다. 심지어 차가 달리는 동안 발가락에 매니큐어까지 발랐다.

비극은 개통 후 넉 달이 지난 10월의 어느 금요일에 일어났다. 허머는 바투미를 향해 포효하며 내달리고 있었다. 이날 저녁, 부스탄은 45분이라는 한계 아래로 내려가려고 작정하고 출발했다. 그는 구불구불 이어지는 길을 지났다. 한 번만 더 가속하면 계곡 아래까지 도달할 수 있을 것 같았다. 그러나 다리로 이어지는 마지막 커브길에서 길 한쪽으로 너무 늦게 붙는 바람에 맞은편에서 올라오던 트럭을 들이받았다. 브레이크를 밟거나 어떤 반사행동을 하거나 옆으로 미끄러질 짬조차 없었다. 두 사람의 몸은 튀어 나갔고, 아무도 고통을 겪지 않았다. 충돌의 메아리가 10여 초 동안 숲을 채웠고, 정적이 다시 찾아왔다. 철판 뼈대가

　　　　　　　　　　　　　　노숙 인생

연기를 내뿜었고, 몸의 상처들도 마찬가지였다. 타티아나는 아스팔트 바닥 위에 쓰러져 있었다. 추락하면서 들쳐진 빨간 드레스의 주름이 그녀 허리를 둘러싸고 마치 꽃부리처럼 펼쳐져 있었다. "도로 위의 꽃잎" 같다고, 한 시간 뒤에 구조팀과 함께 도착한 의사는 생각했다.

에돌피우스는 경찰차가 자기 밭 옆에 세워져 있는 걸 보고 그리 놀라지 않았다. 민병대원들이 그와 얘기하는 걸 좋아해서 이따금 그의 집에 들러 한 잔 마시곤 했기 때문이다. 경사가 밭둑 위에 올라섰다.

– 한잔할 거야? 자루에 한 병 있는데. 늙은 농부가 말했다.

– 에돌피우스, 사망 사고가 발생했어. 경사가 말했다.

– 어디서?

– 다리 바로 앞, 65킬로미터 지점이야.

– 심각해?

– 사망 사고라고 했잖나!

에돌피우스는 가슴께가 살짝 죄어드는 느낌이 들었다.

– 누군데?

– 자네 딸 타티아나. 그 자리에서 즉사했어. 시신은 바

투미에 있는데 곧 마을로 옮겨질 거야.

타티아나의 시신은 저녁 아홉 시에 민병대 수송 차량에 실려 도착했다. 시신은 쌍둥이의 방에 안치했다. 이웃 여자들이 딸의 옷을 벗기고 하얀 수의를 입혔다. 얼굴은 이미 밀랍 빛이었다. 약사 여자가 자기 정원으로 물레나물을 꺾으러 갔다. 에돌피우스의 동생, 교사, 타마라와 그녀의 모르몬 교인, 경사와 시장, 지인들과 이웃들로 집이 꽉 찼다. 그들은 의식을 시작했고, 서류를 작성했다. 죽은 이들은 삶을 복잡하게 만든다. 장례식이 일요일로 정해져서 48시간 동안 시신 곁에서 지새야 했다. 어머니는 두 시간 내내 우느라 눈꺼풀이 보랏빛으로 변한 채 안락의자에 쓰러져 있었다. 옥사나는 부모 방에 틀어박혀서 문을 열지 않았다. 에돌피우스는 층계 위에서 코냑을 홀짝였다. 사람들이 힐라리온 신부를 들어오게 하려고 길을 텄다. 그는 은반지를 낀 손을 들고 정숙을 청했다.

– 이런 일이 일어날 거라고 내가 예견했었지요. 이 도로는 악마의 혀입니다. 타티아나는 아스팔트의 순교자입니다. 기도합시다.

노숙 인생

그는 모인 사람 모두를 축복했고, 남녀들은 성호를 그었다. 조지아 정교회의 느린 장례예배가 시작되었다. 저녁 열한 시가 되자 몇 사람이 밤참 준비할 걱정을 했다. 어머니는 여전히 울고 있었다. 사람들은 그녀가 눈물로 슬픔을 쏟아내도록 내버려 두었고, 에돌피우스의 누이는 집안 저장고로 가서 레드 와인 20리터 들이 병과 빵과 햄을 가져왔다. 그들은 시신과 햄 주변에서 교대로 불침번을 섰다. 자정이 되었을 때 사람들은 에돌피우스가 계단에서 보이지 않는다는 걸 알았다. 경사가 어둠 속에서 그를 불렀다. 스물일곱 마리 개들이 깨어나서 동시에 울부짖었다.

*

에돌피우스는 헤드라이트 빛으로 그 장소를 즉각 알아보았다. 도로관리과에서 도로를 정리했지만, 갓길에 철판 파편들이 남아 있었다.

부러진 나뭇가지와 나무 몸통이 울창한 숲속에서 환한 줄무늬를 그었다. 유리 파편들이 노변에서 반짝였다. 그는 수백 번 지나다녔던 그 장소를 응시했다. 그는 코냑을 마셔서 몽롱하긴 했지만 자신만만한 손길로 굴착기를 운전했다. 인부들을 세심히 관찰했기에 그는 그 기계에 대해 더는 모르는 게 없었다. 이곳까지 그것을 운전해 오는 것보다 시동 거는 게 훨씬 어려웠다. 22톤이나 되는 M3222D 모델의 바퀴 달린 미제 삽은 시청 소유였다. 덮개 위에는 문구 하나가 노랗고 검은 글씨로 적혀 있었다. "캐터필라: 진보의 미래". 유리 차창에는 또 다른 문구가 새겨져 있었다. "내일의 세상을 가능하게". 건축업자는 도로 개통 직후 보험회사에 보낸 가짜 사고 보고서에 시장이 공식 증언을 해준 대가로 이 보석 같은 기계를 그에게 넘겼다.

수력 레버가 강철 삽을 있는 힘껏 도로 위로 떨어뜨렸다. 톱니들이 자갈층까지 파고들어 거대하게 한 삽 떴다. 굴착기의 팔이 다시 일어섰다. 타르 덩어리가 전나무 꼭대기로 날았고, 삽은 다시 떨어지더니 아스팔트 밑바닥을 훑고서 다시 한 삽 떠냈다. 에돌피우스는 운전석에 앉은 채 들썩이며 흐느꼈다. 불도저는 아스팔트 잔해를 남기며 일 미터씩 앞으로 나아갔다. 실린더들은 과열했고, 이빨들은 땅을 물어뜯었다. 기계는 땅을 내리칠 때마다 흔들렸다. 시커먼 먼지가 에돌피우스의 뺨 위 눈물 자국에 들

노숙 인생

러붙었다. 한 시간 만에 그는 다리까지 3백 미터를 파헤쳐 놓았다. 그는 기계의 앞바퀴들을 철판 위로 올린 뒤 삽으로 여섯 번 쳐서 철판을 폭파했다. 에돌피우스는 울부짖으며 주먹으로 조종실을 내리친 다음, 지친 몸으로 선선한 어둠 속으로 나섰다. 그는 강물 속에 머리를 집어넣었다가 다시 굴착기로 돌아가서 자신이 파헤친 참호를 거슬러 올라가 트살카로 돌아왔다.

새벽 세 시, 굴착기는 마을에서 2킬로미터 떨어진 지점에서 휘발유가 바닥나 멈춰 섰다. 그는 불빛을 보며 등짐을 진 채 20분간 걸었다. 술은 깼으나 슬픔에 취해 있었다. 그는 복수했다. 그러면서 탁자에 부딪히면 탁자 가장자리를 주먹으로 치고, 나쁜 소식을 전하는 전화기를 깨부수는 사람들의 목록에 새로운 범주의 정의수호 행동가를 보탰다. 가까운 이를 죽게 한 도로를 망가뜨리는 사람이었다.

그가 아스팔트를 파괴하며 벌한 건 바로 자기 자신이었다. 그는 다음날 당장 손에 피가 나도록 곡괭이로 도로 전체를 망가뜨리겠다고 맹세했다. 자신이 발안자였고, 자기 딸이 제물이 되어 버린 그 아스팔트를 마지막 남은 한 뼘까지 파괴할 작정이었다.

그의 집에서 느껴지는 부산함은 장례 전날 밤에 어울리지 않았다. 입구에 자동차 여러 대가 헤드라이트를 켠 채 주차되어 있었다. 비명소리가 들렸다. 에돌피우스는 승합차 뒷자리에 쓰러진 누군가가 실리는 걸 보았다. 그는 다가가서 헤드라이트 불빛 속에 모습을 드러냈다.

— 어디 있었나, 이 불행한 친구야! 경사가 외쳤다.

— 자네의 남은 쌍둥이 딸이! 손목을 그었어! 슬픔을 못 이기고! 이웃 여자가 말했다.

— 하지만 구할 수 있어, 하고 타마라가 말을 잘랐다.

약사가 말했다.

— 그래, 도시까지 한 시간 안에만 도착한다면!

돼지

그들은 모든 종 가운데 최악의 위반자인 인간이 창조의 면류관이라고
스스로 확신했다. 다른 모든 피조물은 단지 인간에게
음식과 가죽을 제공하기 위해 학대당하고 말살되게끔 창조되었다.
동물과의 관계에서는 모든 인간이 나치이고,
동물에게 이 세상은 영원한 트레블링카[6]다.
— 아이작 B. 싱어, 《편지 주인The Letter Writer》

켄트버리에서 부친 편지 하나가 그날 아침 쉽버든 법원
에 도착해 그 지역 담당 검사의 각별한 관심을 끌었다.

"친애하는 귀하,

이러려고 했던 건 아니었습니다!

우리는 조부모님들처럼, 조부모님들의 부모님들처럼,
심지어 과거를 더 멀리 거슬러 올라가 우리 가문의 시조
들처럼 대를 이어 여기서 살고 있습니다. 밭에서 돌을 골
라냈고, 낮은 담장을 세웠으며, 숲을 보호했고, 석회질 땅

---

6) 나치가 폴란드 바르샤바 근교에 세운 유대인 수용소.

에서 순탄하게 살아온 사람들이지요. 운명에 대한 질문은 한 번도 제기된 적이 없었습니다. 아이들은 아버지의 농가를 이어받았지요. 그들은 열심히 일했고 당당했습니다. 저는 1969년에 농가를 물려받았지요.

르 도르세Le Dorset는 낙원이었고, 삶은 달콤했습니다.

우리가 뭘 잘못했으며, 누가 죄인일까요?

어떻게 우리는 지옥이 이 땅에 도래하도록 내버려 둘 수 있었을까요?

저는 저들의 비명을 더는 듣고 싶지 않습니다. 더는 견딜 수가 없어요.

저들은 항상 어둠 속에서 지냅니다. 미닫이문을 밀면 저들이 그 소리를 듣고 처량한 소리를 내기 시작합니다. 저들의 신음이 어둠 속에서 부풀고 팽창합니다. 그것은 안으로 들어서려면 억지로 밀고 들어가야 하는 요새와 같습니다. 철책 비탈에서 인기척이 느껴지면 저들은 우리 안으로 몰려들어 창살을 들이받아요. 금속 부딪치는 소리가 울부짖음에 뒤섞이고, 아우성이 점점 거세집니다. 더는 이런 비명을 듣고 싶지 않아요. 그것은 끔찍하고 부조리한 소리이고, 자연의 법이 금지하는 소리입니다.

노숙 인생

밤마다 울음소리가 내 머릿속에서 울립니다. 한 시경이면 그 비명이 첫잠을 자던 저를 깨워요. 제 악몽은 이 불행의 메아리입니다.

이 사태는 40년 전에 시작되었습니다. 첫 번째 집약 축산농가가 생겼고, 다른 축산업자들이 뒤를 따랐지요. 힘을 합쳤다면 저항하기가 어렵진 않았을 겁니다. 우리는 그저 조금 뒤처졌겠지요. 계속 예전처럼 살았을 테고, 세상의 추세는 우리를 스쳐 지나갔을 겁니다. 힘든 건 역에 남겨지는 것이 아니라 이웃이 당신 없이 진보의 기차에 오르는 걸 지켜보는 것이지요. 모방이 이곳 도르세를 돼지 축사로 뒤덮은 겁니다.

시골에 새 지도자들이 나타났지요. 사무실에 앉아 그곳을 재구성하는 사람들이었습니다. 그들은 런던에서, 브리스톨에서 찾아와 미래가 대량생산에 있다고 우리를 설득했지요. 이제는 한 명의 축산업자가 도시에 몰려든 수백, 수천 명을 먹여야 한다고 말했어요. 지구에 더는 가축을 위한 자리가 없고, 인간은 가축을 풀밭으로 데려갈 시간이 없다고 말이지요. 이제는 같은 지면 위에서 기술로 생산성을 늘릴 수 있다는 겁니다! 더는 지구가 짐승들에 에너지를 제공할 필요가 없고, 우리가 에너지를 쟁반에 담아 가져다주면 된다고요!

그것은 혁명이었습니다. 피의 현실을 믿는 사람들의 손에 길러진 우리에겐 그랬습니다. 지금까지 우리가 먹어온 짐승들은 도르세의 땅에서 자란 풀을 먹었고, 도르세의 햇볕에 몸을 데웠으며, 도르세의 바람을 맞고 컸습니다. 흙에서 길어 올려져 풀의 섬유질에 흡수되었다가 짐승들의 근육 조직으로 퍼졌던 에너지가 우리 몸에 공급되었지요. 에너지는 수직으로, 깊은 곳에서 풀과 짐승을 거쳐 인간을 향해 이동했습니다. **어딘가에서 온** 에너지들이었죠. 땅의 화학 성분들을 인간의 혈관 속으로 끌어들이는 것이지요. 그런데 이젠 흙이 필요 없어졌다고 우리에게 알리는 겁니다.

그들은 자신들이 좋아하는 구호를 우리에게 주입했습니다. "사료를 고기로 바꾸어야 합니다." 나는 그걸 믿었어요. 우리 모두가 믿었습니다. 우리의 눈길은 달라졌지요. 배달된 배합사료 자루가 내 눈엔 햄으로 보였으니까요.

우리는 그 자루들을 숭배했어요. 그것이 곧 고기를 의미했으니까요. 우리는 고기를 중시했습니다. 그것이 돈을 의미했으니까요. 우리는 그 한가운데 짐승들이 있다는 사실을 잊었습니다. 그렇게 짐승들을 폐기해 버렸지요. 그들에게서 빛을 박탈했고요.

우리는 짐승들을 좁은 우리에 가두었고, 그곳에서 짐승들은 앞으로 나아갈 수도, 뒤로 물러날 수도, 몸을 돌릴 수도, 옆으로 누울 수도 없었어요. 녀석들이 옴짝달싹하지 못하게 하는 게 목적이었지요. 움직이면 에너지를 허비하게되니까요. 단백질 제조 과정의 효율을 높이려면 소모를 피해야 합니다. 공장을 수시로 옮길 수 있습니까? 돼지들은 공장들이었습니다. 단단히 뿌리를 내린 공장이었지요.

모든 혁신에는 부정적인 측면이 있지만, 모든 부정적인 문제에는 해답이 있지요. 옴짝달싹 못 하자 돼지들이미치더라고요? 그러면 녀석들에게 항우울제를 주사했지요. 가축 분뇨의 암모니아 때문에 돼지들의 폐가 곪았다고요? 그러면 녀석들의 사료에 항생제를 섞었지요. 해결책 없는 문제는 없었습니다. 해결책이 없는 건 진짜 문제가 아니었어요.

돼지들은 20주 동안 살찌워졌습니다. 분말 사료를 삽으로 떠서 축사에 뿌리면 분홍색 등 위로 사료 분말이 비 오듯 쏟아졌지요. 분말이 털 속에 걸리자 돼지들은 사료 분말을 떨어뜨리려고 몸을 흔드는 버릇이 들었습니다. 인간은 모든 것에 익숙해지는 모양입니다만, 돼지는 그렇지 않았지요. 녀석들은 20주가 지나서도 계속 쇠창살을 물어뜯었습니다. 창살을 끊으려는 듯이 말이지요. 그런 고통을 견뎌본 인간이 있는지 모르겠습니다. 그렇다고 주장하는 유대인 작가가 한 사람 있긴 하지요.

누구보다 가장 불안해하는 건 새끼들이었습니다. 새끼들은 3주 후에 젖을 뗐지요. 다시 어미에게 인공수정을 하기 위해서였어요. 2년 동안 암퇘지는 다섯 번 새끼를 낳았습니다. 마지막 출산을 하고 나면 도살장 행이었지요. 암퇘지가 새끼들을 젖 먹이기 위해 내리닫이 살문 아래 누우면 새끼들은 창살 너머로 젖꼭지에 닿을 수 있습니다. 그것이 어미와의 유일한 접촉이었어요. 새끼들이 싸워서 서로를 죽도록 물어뜯지 못하게 저는 새끼들의 꼬리와 앞니를 산 채로 뽑았습니다. 사료를 고기로 바꿀 때 생기는 문제는 새끼 돼지들을 늑대로 둔갑시킨다는 겁니다.

부동 상태는 또 다른 결과를 낳았습니다. 돼지들의 사지가 위축되었지요. 다리 근육이 녹아버렸습니다. 일부 암

돼지들은 젖과 살이 터질 듯이 불어서 허약한 사지로 겨우 지탱했지요. 검사를 하다 보면 이따금 우리가 새로운 종을 만들고 있는 게 아닌가 하는 생각이 들더군요. 〈데일리 옵서버Daily Observer〉에서 현대인은 아직 진화가 끝난 게 아니라는 말을 읽은 적이 있습니다. 현대인은 지나치게 과열된 방에서 컴퓨터 앞에 앉은 채 계속 자라고 있다는 겁니다. 팔은 길어지고, 뼈는 가늘어지고, 뇌는 커진다고요. 우리 후손들이 피질만 과도하게 발달한 물컹한 몸과 엄청나게 큰 눈, 하나뿐인 손으로 자판을 두들기는 그런 존재를 닮게 되지는 않을지 누가 알겠습니까?

돼지들은 발버둥을 치면서 서로 부딪쳐 일부는 애꾸눈이 되곤 했습니다. 감염된 상처에서 고름이 줄줄 흘렀습니다. 사지 안쪽은 암종이 뒤덮었고요. 치질이 마치 석류 과육처럼 항문을 장식했지요. 감염이 육질을 망치지 않는 한 그런 건 제겐 중요하지 않았습니다. 돼지가죽이 임파선 종창으로 뒤덮여도 고기는 말짱합니다. 희미한 어둠 속에서는 잘 구분도 되지 않고요.

헛간 천장 아래에서는 폭력의 자기장이 축적되고 있었어요. 그 기포는 자꾸 부풀었지만 절대 터지지는 않았습니다. 극도의 고통을 겪는다고 유순해지지 않습니다. 오히려 미치지요. 우리 공장들은 정신병동이었습니다. 일부 돼지들은 위험해져서 동족을 공격했지요. 녀석들을 꼼짝하지 못하게 하려고 만든 우리가 이제는 그 녀석들을 서로로부터 보호하는 데 쓰였어요. 새끼 돼지들만 함께 지냈습니다. 개중 한 마리가 죽으면 시체를 서둘러 치워야 했습니다. 그러지 않으면 다른 녀석들이 집어삼키니까요.

허버트 잭슨이 선구자였습니다. 그는 예전에 가축들이 흩어져서 풀을 뜯던 피들 개울 주변에서 대규모 농장을 운영했습니다. 옛날의 목초지는 수익성이 좋았어요. 그런데 가축들을 옮기고 그곳을 휴경지로 만들었지요. 허버트는 집약농장을 시작한 지 6년째 초에 처음 우울증 증세를 보였습니다. 사람들은 할 수 있는 힘껏 그를 도왔지요. 그는 여러 의사를 만났고, 약을 잔뜩 삼켰으며, 일을 조금 줄이려고 두 번째 일꾼을 고용했습니다. 하지만 아무 소용이 없었지요. 그는 자기 자신이 무서워지기 시작했다고, 이러려고 이 일을 선택한 게 아닌데, 우리가 무언가를 놓치고 있음을 분명히 느끼겠다고 말하곤 했어요. 그는 거창한 말을 써서 '전통'을 운운했지요.

우리 조합장은 똑똑해서 어떤 대답을 해야 할지 알았어요. 어느 날, 그는 연례회의에서 정숙을 청하더니 허버트에게 공개적으로 말했습니다. "오해를 거두어야"한다고, 야외 생활을 한 번도 경험해보지 않은 가축은 그걸 박탈당하는 고통을 겪을 수 없다고 설명했죠. 그러곤 5파운드에 1킬로그램의 고기를 찾는 것이 정상인 사회를 상대로 우리로선 어쩔 도리가 없다고도 말했어요. 우리 동족들은 고기가 그 이상으로 값이 나가야 한다고 여기지 않는다고요. 변한 건 우리가 아니라 사물의 가치라는 겁니다. 그게 예전과 같지 않다고 했지요. 고기 한 조각이 쟁취였을 때는 돼지 한 마리의 가치가 컸습니다. 고기 한 조각이 습관이 된 뒤로 돼지는 그저 생산품이 되었고요. 고기가 권리가 된 뒤로 돼지는 제 권리를 잃었다는 거죠.

허버트는 고통이 경험의 문제가 아니며, 햇빛을 한 번도 쬐지 못한 동물이라도 그 유전자가 항구적인 어둠에 익숙한 건 아니라고 응수했지요. 생물학은 돼지가 비만과 잡거와 부동의 생활을 견디도록 계획해두지 않았으며, 갇힌 짐승에게도 자유가 의미하는 바에 대한 예지가 분명히 있다고 응수했어요.

조합장은 어깨를 으쓱하더니 1920년에 폴 디플로트Paul
Diffloth라는 사람이 펴낸《돼지, 염소, 토끼》라는 제목의 축
산학 서적을 흔들었습니다. 그러면서 한 구절을 큰소리로
읽었지요. "동물은 살아 있는 기계다. 비유적 의미에서가
아니라 역학과 산업이 받아들이는 엄밀한 의미에서 그렇
다." 그는 허버트에게 그 책을 내밀며 말했죠.

－이걸 읽고 다시 기운을 차리게.

이때부터 허버트는 자기 농장보다는 술집에서 더 눈에
띄더니 이듬해 부활절이 되기 전에 모든 걸 팔아치웠습
니다.

트럭들이 가축들을 실으러 왔을 때 그 북새통은 말로
표현하기 힘들 정도였습니다. 돼지들이 이 지옥을 떠나길
거부하는 걸 보고 있자니 이상했어요. 돼지는 덤프차에
무더기로 실렸습니다. 그 울부짖음은 도무지 묘사할 수가
없어요. 운전사들은 우리보다 더 돼지를 증오했습니다. 그
들은 완강하게 버티는 녀석들을 마구 후려쳤고, 시간을
허비하게 하는 녀석들에게 욕설을 쏟아부었지요. 1980년
에는 적재에 박차를 가하기 위해 전기 곤봉을 사용하기 시
작했습니다. 돼지가죽이 망가지지 않게 하려고 항문을 지

졌고요. 곤봉으로 두들겨 팰 때면 돼지들은 뒷발로 서서 무리 속에서 펄쩍펄쩍 뛰었고, 고기 장벽 속에서 울부짖으며 길을 텄지요. 살아남지 못하는 녀석들이 많았습니다.

때때로, 밤에 런던 도로 위에서 저는 그런 트럭들을 지나치곤 했습니다. 트럭들은 아스팔트 위를 소리 없이 미끄러지듯 달렸지요. 헤드라이트 불빛에 판자 틈새로 삐져나온 돼지코들이 보였어요. 돼지들은 이때 평생 처음이자 마지막으로 바깥 공기를 맡았지요. 수송차들은 코를 찌르는 악취를 매달고 달렸습니다. 제가 익히 잘 아는 냄새였어요. 제 냄새와 같은 냄새였습니다. 결국 그 냄새는 제게 배어들고 말았으니까요. 저는 가는 곳마다 악취를 풍겼지요.

하루하루가 점점 더 무겁게 짓눌렀습니다. 살아야 할 시간을 생각하니 새벽은 한층 더 어둡기만 했어요. 밤은 여전히 새하얬습니다.

저를 행복하게 해준 유일한 존재는 제 개입니다. 세터는 제가 집으로 돌아올 때마다 반겨주었고, 우리는 저녁마다 숲속을 달렸지요. 어느 날, 저의 아들 에드가 제게 기사 하나를 읽어주더군요. 그 기사에서 돼지는 민감하고 이타적이며 개만큼 똑똑하고, 유전적으로 인간과 대단히 가까운 동물로 묘사되어 있었습니다. 아들은 반항의 눈길로 제게 신문을 보여주었어요. 저는 아들에게서 신문을 빼앗고, 다시는 그런 소리 하지 말라고 말했지요. 나중에 아들은 축사에 들어가길 거부했어요. 그리고 학년이 시작될 때 중학교 교사 한 분이 제게 전화로 아들이 '아버지 직업' 란에 아무것도 쓰고 싶어 하지 않는다고 말하더군요.

*

"저는 이 잔혹한 상황을 40년이나 견뎠습니다. 제가 무슨 말을 하겠어요? 그걸 설계하고, 지시하고, 자금을 조달한 사람이 바로 전데요. 저는 매일 아침 일어나 어둠의 방주가 제대로 작동하는지 확인했습니다. 매일 저녁 집으로 돌아가 제 아이를 돌보고 아이가 자라는 걸 지켜보았고요.

우리가 식탁에 앉아 저녁을 먹을 때마다 제 등 뒤 3백 미터 떨어진 곳에서 우리에 갇힌 채 오물 속에 빠져 공포로 열에 들뜨고 옴짝달싹 못 해서 미쳐가는 가축들이 있다는 생각이 떠나지 않았습니다. 저는 입맛을 잃었습니다.

집은 쾌적했습니다. 벽난로에서는 불이 타고 있었고요.

x

제가 구축한 모든 것은 고통 속에 뿌리를 내리고 있었지요.

저의 공모자들요? 저의 동족들이죠. 토요일이면 저는 마트에 가서 플라스틱 용기에 담긴 고기를 무심코 쇼핑카트에 던져넣는 동족들을 관찰했습니다. 플라스틱은 양심을 보호해주지요. 그들이 알았더라면, 우리는 파산했을 겁니다. 이 체계는 거짓말이 아니라 무지에 토대를 두고 있습니다.

저는 한 가지 위업은 이뤄냈습니다. 40년 동안 결코 돼지 눈을 바라보지 않은 겁니다. 어떤 눈길과 마주치게 될 위험이 있었으니까요. 그 가축 한 마리 한 마리가 개체라는 생각이 머릿속에 들어오지 못하게 한 겁니다. 그저 집단으로 생각한 거죠. 오직 산업으로만 생각한 겁니다.

제가 내 가축들을 증오한다는 사실을 깨달은 후에야 허버트가 옳았다는 생각이 들었습니다. 우리는 동물을 적으로 만드는 축산업을 만들어낸 겁니다. 오늘날엔 축산업자가 줄어들고 있습니다.

우리는 균형을 망가뜨렸고, 육체적 유대를 배반했습니다. 우리 혈관 속에 흐르는 피는 이제 도르세의 땅에서 나오지 않습니다. 가축들의 발밑에는 시멘트 바닥이 자리하고 있지요.

저는 이제 잠을 자지 못합니다. 비명이 저를 깨웁니다. 제 손에서 나는 냄새는 도무지 사라지지 않아요.

저는 5개월 전에 착취를 그만두었습니다. 그리고 얼마 전에 농장을 팔았지요. 제 아들 에드의 미래는 그 아이의 손에 달렸어요. 그가 성년이 되면 든든한 자본금을 받게 될 겁니다. 15년 전에 저랑 헤어진 그 애 어머니가 도와서 아들이 제 길과는 다른 길을 찾으리라 생각합니다. 그저 그 애가 길을 잃지 않기를 바랄 뿐이지요.

저의 나무를 찾았습니다. 그 나무는 피들 개울가에 서 있어요. 나무 꼭대기에서 내려다보면 농지와 사육장의 반원형 돔 사이로 구불구불 이어지는 물줄기가 보입니다. 저는 어느 날 양철 문들이 열리고, 풀밭 위로 돼지들의 얼룩무늬가 다시 꽃피기를 꿈꿉니다.

지옥의 뱃사공으로 일해온 저는 마지막 나날을 위해 돛대의 자리를 골랐습니다.

이 편지는 7월 18일 쉽버든 법정으로 부쳤으니 며칠 뒤에 도착할 것입니다. 법원에서 이 편지를 제 아들의 어머니에게 보낼 테고, 그러면 잘 알아서 할 테지요.

사람들이 이 글을 읽을 때쯤이면 저는 이미 목을 맨 뒤일 것입니다. 게다가 저를 찾으려면 시간이 더 걸릴 테고요.

저의 시신은 햇살 아래, 바람이 쓰다듬고 지나는 곳, 나뭇가지들이 흔들리고, 피들 개울이 조잘거리는 곳에 놓아주길 바랍니다. 제가 저의 가축들에게 박탈한 그 모든 것 앞에 놓아주면 좋겠습니다.

저의 살은 까마귀들에게 내놓습니다. 저는 이 지역 까마귀들을 잘 압니다. 수도 많고, 똑똑하고 탐욕스럽지요. 까마귀들은 둘째 날 아침에 와서 먹을 겁니다. 녀석들은 다가오기 전에 주변 참나무 위에 자리 잡고 그곳을 관찰할 거예요. 조금 지나면 대담하게 제 어깨까지 내려올 겁니다. 그러면 저는 밧줄 끝에 매달린 채 조금 흔들릴 테지요.

우리는 함께 균형을 되찾을 것입니다.

까마귀들이 부리로 쫄 때마다 저는 내 빚을 갚게 될 테지요.

에드워드 올리버 노월스,

2000년 11월 19일 켄트버리.

동상

대열은 밭 가장자리로 나아갔다. 여명이 호밀밭을 비추었다. 북풍이 아무다리아 강의 악취를 몰고 왔다. 인간들보다 오래된 이 강은 짐승의 땀내와 뜨거운 진흙의 악취를 풍긴다.

아프가니스탄 사람들은 목청 높여 말했고 풍채가 좋았다. 어떤 이들은 콧노래를 흥얼거렸고, 또 어떤 이들은 담배를 피웠다. 행렬을 인도하는 자가 팔을 들며 말했다.

– 여기서 기다려!

그들은 쪼그리고 앉아 모래사장이 빛을 받으며 태어나는 걸 바라보았다. 탐욕스러운 눈길이었다. 몇몇 사람에게는 이날 아침이 마지막 아침이었다. 2년 전부터 들판에서는 복권 뽑기가 한창이었다. 누가 다음번 죽음의 낫을 받을 운명이 될지는 아무도 알지 못했다. 그들은 운명을 향해 가볍게, 집행유예 상태로 기꺼이, 순간순간을 향유하며 나아갔다. 지뢰제거반은 청소해야 할 현장들을 향해 그렇게 걸어 나간다.

지뢰들은 이슬람 전선의 공격을 받은 탈레반군의 후방 부대가 후퇴하면서 설치한 것이다. 스코틀랜드군은 자신들의 후퇴를 반주하기 위해 백파이프를 발명했다. 사람들은 저마다 자기 뒤로 뿌릴 수 있는 걸 뿌린다. 작품을, 추억을, 탄식을 뿌린다. 탈레반군은 지뢰를 뿌렸다. 그들은 버리고 떠나는 장소들에 지뢰를 잔뜩 심었다. 지뢰들은 눈에 보이지 않는 결핵 결절처럼 몇 센티미터 땅밑에서 잠자고 있었다.

지뢰는 모범적인 보초다. 그것은 몇십 년 동안 아무것도 요구하지 않고 매복한 채 제 자리를 지킨다. 거미조차 먹이를 기다리다 지치고 마는데, 지뢰는 욕구 없는 병사다.

왼편 강둑에는 지뢰가 두 줄로 깔려 있었다. 건너편의 피난민들은 M으로 돌아가기 시작했다. 전선戰線으로 잘렸던 그 마을은 석 달 전에 해방되었다. 사람들은 파괴된 집과 불타버린 밭, 파헤쳐진 정원을 되찾았고, 폐허 속에 다시 정착했다. 그들은 마치 아무 일도 없었던 것처럼 행동했고, 삶은 다시 이어졌다.

종종 아이들이 죽었다. 공을 따라 달리는 사내아이들, 물통을 머리에 이고 강에서 올라오는 여자아이들이 죽었다. 아이들이 폭발로 솟구쳐 오르는 모습은 도무지 받아들이기 힘들다. 어머니들은 빛이 들어오지 않는 방에 틀어박혀 냉기 속에 신음하며 고통이 가라앉길 헛되이 기다렸다. 가을 초입에 영국의 지뢰제거반 ABUS(A Bridge Between Us)가 마을을 정화해줄 팀을 보냈다.

구급차가 도착했고, 의례적인 대비책에 따라 길 한쪽으로 붙여 세웠다. 작업은 시작될 수 있었다. 남자들이 마을을 둘러싼 들판에 대형을 이루며 섰다. 그곳은 20년째 포탄 경작밖에 해보지 못한 농토였다. 아래쪽엔 아르고나이트 색의 아무다리아 강이 흘렀다.

양쪽 강둑에는 인더스 강을 향해 전진하는 마케도니아 전위대가 배치되었었다. 그리고 그리스의 대공들은 아테나 여신이 그들을 그토록 먼 하늘 아래로 이끌어준 걸 기리기 위해 사원들을 건축했었다. 그래서 지뢰 제거 병사들은 때때로 유물을 발굴하곤 했다. 황토는 아칸더스 잎 장식을, 원주 받침돌을, 때로는 기둥머리까지 게워내곤 했다. 주변 농가들에서는 조각된 프리즈 장식이 외양간의 횡목으로 쓰이거나 아폴론 조각상이 문틀로 쓰이는 일이 드물지 않았다.

자혜르는 옛 과수원의 북서쪽 구석에 배정되었다. 그는 30분 동안 작업하고 나서 안면 보호대를 벗고 이마를 닦았다. 케블라 조끼가 그의 등을 무겁게 짓눌렀다. 휴식시간은 아직 멀었다. 태양은 작열했고, 담장의 황토마저 하얗게 변하기 시작했다. 자혜르는 트럭들의 그늘 밑으로 그를 불러줄 호루라기 소리를 꿈꾸었다. 그러면 마갑을 벗고, 차를 마시고, 담배도 한 대 피울 수 있을 것이다. 그는 자제Jazé를 생각했고, 그러자 은밀히 욱신거리던 노여움이 그의 머릿속에서 선명해졌다. 어제 그의 아내가 다섯째 딸을 낳은 것이다. 자제는 볼이 움푹 꺼진 창백한 얼굴로 그를 바라보았는데, 목소리에서 고통이 묻어났다.

– 곧, 곧, 아들을 낳아드릴게요!

하지만 그는 애원과 약속에 대해 어찌해야 할지 알지 못했다. 그는 집에서 나와 애꿎은 땅만 짓밟았다. 자신이

뭘 잘못했길래 아내가 딸밖에 낳지 못하는 걸까? 왜 신께
서는 그가 남들의 속닥거림을 듣고 살게 할까? 그의 집안
은 슬펐다. 침묵과 허무가 지배했다. 이웃인 아마눌라는 아
들을 넷이나 두었다! 자헤르는 그 첫째 아들의 출생을 아
주 또렷이 기억하고 있었다. 아마눌라가 찾아와 막 태어난
아기를 그에게 보여주며 환한 얼굴로 이렇게 말했다.

　－ 이제 난 무엇이든 가질 수 있어.

　그 후에도 하늘은 꼬박꼬박 돌아오는 계절과 더불어 이
웃에게는 내내 행복을 안겨주었다.

　신이 부당할 리 없다. 따라서 무엇이 문제인지 알아야
만 했다.

　둘째 딸이 태어났을 때 자헤르는 자신의 삶을 위험에
처하게 한 걸 신께서 나무라신다고 생각했다. 지뢰 제거
작업은 외줄 위에서 추는 춤이다. 쿤두즈에서는 대인 지
뢰와 선으로 연결된 250킬로그램짜리 러시아 폭탄이 폭
발해 지뢰 제거 병사 셋이 죽었다. 이 사고는 자헤르를 충
격에 빠뜨렸다. 어쩌면 인간에게는 제 삶을 위험의 경계
에 내맡길 권리가 없는 것 아닐까? 자제는 남편에게 그 조

직을 떠나라고 제안했다.

– 당신의 기쁨이 될 아들을 위해 그렇게 해요, 라고 그녀는 말했다.

자헤르는 ABUS를 사직했고, 이웃들에게 품을 팔았다. 자제의 배가 불러오는 동안에는 힌두 쿠크의 돌벽을 쌓는 일을 했다. 마을 사람들은 동틀녘부터 해질 때까지, 여름이고 겨울이고, 돌밭에서 몇 퀸탈[7]의 호밀을 손에 넣으려고 쟁기질을 했다. 한 달 동안의 지뢰 제거 작업은 2백 달러를 가져다주었다. 자헤르가 아홉 달이나 허리를 숙이고 쟁기질을 해야 버는 돈이었다. 수확철에 세 번째 딸이 태어났다.

자헤르는 다시 돌아와 조직의 문을 두드렸다.

– 다시 돌아오고 싶습니다.

징병 담당관은 그를 따뜻하게 맞아주었다.

– 다시 시작하고 싶나? 밭일이 돈이 안 되던가?

– 절 놀리는 겁니까? 땅은 전혀 돈이 안 됩니다.

– 자헤르, 그건 자네에게 주도적인 데가 없어서야. 양귀

---

7) 1퀸탈은 100킬로그램.

비! 이게 미래야! 서양에 절망이 있는 한 이곳엔 양귀비가 꽃을 피울 거라고.

－제자리로 돌아가고 싶습니다. 나는 지뢰 제거반이지 농부가 못 되거든요.

－좋아. 내일, 다섯 시, 라프트 마을을 청소한다.

－그리로 가겠습니다. 고맙습니다.

그렇게 그는 트럭의 그늘에서 보내는 휴식시간과 황토에 웅크린 채 보내는 시간이 교대로 이어지는 일상과 다시 이어졌고, 단조로운 농사일이 제공해주지 않는 불안한 흥분을 되찾았다. 그는 탐지기가 울리거나 금속 날이 어떤 작은 물건 가장자리에 부딪힐 때 다시 뱃속에서 위산이 배출되는 걸 느꼈다.

자헤르는 먼지 구덩이 속에서 무릎을 꿇은 채 작업했다. 태양은 중천에 떠 있었다. 그림자들은 납작 엎드렸다. 안전유리 속은 거대한 가마처럼 절절 끓었다. 폭발이 일어날 경우, 안면 보호대가 그를 보호해주리라고 추정되었지만, 실제로는 터져서 얼굴과 함께 산산조각이 날 것이다. 이 조직의 지침은 단호했다. 효과가 없을지라도 반드

시 보호장구를 착용해야만 했다. 땀이 흘러 눈이 타는 듯 따가웠다.

탐지기가 울렸다. 지면 몇 센티미터 아래에 무언가가 있었다. 지뢰일 수도 있고, 폭탄 탄피일 수도 있었다. 젊은 아프가니스탄인의 심장은 마구 뛰었다. 만남의 서곡이었다. 그는 셔츠 자락을 접고, 딱딱한 막대기로 비스듬히 흙을 파내어 그 물건의 윤곽을 알아내려 했다. 막대기가 금속에 닿자 둔탁한 소리가 났다. 자헤르는 탐지기로 물건의 위치를 확인했고, 흙에다 나무로 표시를 남겼다. 그것이 주변에 엄청나게 많이 잠자고 있는 PMN 유형의 소련제 지뢰라면 3킬로그램의 압력이면 충분했다. 개 한 마리만 지나도 확인된다. 그는 침술사처럼 바닥을 계속 탐색했다.

지난해 겨울이 끝날 무렵 넷째 딸이 태어났다. 출산을 도우러 온 자제의 자매들은 울었다. 온 집안에 그들의 탄식이 울려 퍼졌다. 손님이라도 왔다면 초상을 치르는가 보다고 생각했을 것이다. 그는 한 달 내내 아이와 아내를 보길 거부했다. 밤이면 고통으로 인해 잠들지 못했다. 그는 마음을 가라앉히려고 코란 16장 58절과 59절을 내내 곱씹었다. "그들 중 한 사람에게 딸이라고 알리자, 그의 얼굴은 어두워지고 마음 깊이 분노가 차오른다. 그는 전해 들은 불행한 소식이 수치스러워 사람들로부터 숨는다. 그는 치욕을 참고 그 아이를 길러야 할까 아니면 흙 속에 묻어버릴까? 사람들의 판단은 참으로 악하니!" 신의 말씀이 그에게 다시 용기를 주었다. 그러나 그는 이내 이 구절을 떠올렸다. "남자는 여자보다 우월하다. 신께서 여러 장점을 통해 남자를 여자보다 위에 두었기 때문이다." 그러자 다시 난감해졌다. 그는 자신의 의문에 대한 확실한 답을 성스러운 책에서 찾지 못해 아침마다 괴로웠다.

자헤르는 지뢰를 파괴하는 일을 한 이래로, 지뢰를 탐지하자마자 머릿속으로 그 모양을 그렸다. 지뢰 제거병의 강점은 추상이다. 그의 눈은 금속막대를 연장한다. 사물을 시각화하고, 땅에 묻힌 모습을 생각으로 창조한다. 자헤르는 땅을 탐색하고 나서 이날 아침의 지뢰는 이상한 꼴로 자리 잡고 있다는 결론을 내렸다. 처음에는 폭탄 두 개가 포개져 있다고 생각했다. 그렇다면 완전히 무용할 터였다.

파괴력을 키우고 싶었다면 지뢰들을 잇는 것으로 충분했다. 사람들은 거기다 대전차용 TM 62 폭탄과 수류탄을 덧붙여 무시무시한 불 목걸이를 만들곤 했다. 50미터 선으로 다양한 폭탄을 연결할 수 있었다. 발을 한번 잘못 디디면 장치가 줄줄이 폭발해서 땅을 뒤집어놓기에 충분했다. 자헤르는 러시아군과 싸울 때 그런 폭탄 염주를 만들곤 했다.

그는 한 무리의 공산당 군인들이 부비트랩을 밟고 날아오르는 광경을 본 날을 떠올렸다. 그는 어느 농가의 담장 너머에 몸을 숨긴 채 금발의 청년과 눈이 마주쳤었다. 덫의 파편이 청년의 배를 갈라놓은 상태였다. 청년은 죽어가면서 "엄마"라고 말했다. 대개 죽어가는 이들은 이 마지막 말로 그들이 태어나면서 처음 본 광경의 빛을 갚는다. "엄마"는 자헤르가 외국어에서 아는 유일한 말이었다.

그러나 이날 아침에는 부비트랩은 전혀 없었다. 탐색했지만 어떤 전선도, 어떤 접합부도 드러나지 않았다. 그가 황토를 파내자 큰 돌멩이 하나가 드러났다. 돌멩이는 거의 표면에 노출되었지만, 수년 동안 바람과 먼지에 덮여 보이지 않게 가려져 있었다.

다시 측량이 이루어졌다. 돌멩이 바닥과 지뢰 위쪽 진동막 사이에 틈이라곤 없었다. 돌은 균형을 잡고 폭탄 위에 놓여 있었다. 누군가 그걸 일부러 그렇게 놓아둔 것이었다. 그는 다시 먼지를 떨었다. 조각된 무늬가 드러났다. 여자의 머리카락이었다. 돌멩이는 동상이었다.

자제에 대한 생각이 다시 떠올랐다! 어떡하지? 몇 달 후면 아내는 다시 임신할 것이다. 만약 여섯 번째 딸을 낳는다면? 그는 악몽을 앞질러 내다보았다. 이웃들이 뭐라 할까? 그들 입가에 미소가 피어오를 것이다. 그들은 그의 양기陽氣를 의심하게 될 것이다. 정력과 아들의 출생 사이에는 어떤 불가사의한 끈이, 생리적 관계가 있는 게 분명했다.

아니면 자제가 무슨 죄라도 지었을까? 어쩌면 그녀의 자궁은 딸을 낳는 데만 적합한 게 아닐. 그녀의 배는 그가 부주의하게도 길을 잃게 된 불모의 사막이 아닐까? **"여자들은 너희들이 경작할 밭이니 너희들이 좋을 대로 경작하라."**[8] 왜 그는 이 밭갈이로 자신이 원하는 것을 얻을 수 없을까? 아들을 낳을 수만 있다면 그는 다리 한 짝이라도 내놓을 것이다. 심지어 두 짝이라도. 마을에는 대전차 로

켓포의 폭발로 다리가 잘린 남자가 있었다. 그는 잘린 부분을 천으로 감은 채 휠체어를 타고 살았다. 그의 아들들이 아침마다 그를 뽕나무 그늘로 데려갔고, 저녁에는 차례로 그를 산책시켰으며, 이슬람 사원으로 데려갔다. 그는 불행해 보이지 않았다.

자혜르는 먼지를 파냈다. 카키색 원통의 금속 테두리가 드러났다. 그것은 러시아제 MS3였다. 압력으로 기폭장치가 작동하는 뇌관이 둘 달린 오래된 지뢰인데, 밟았다가 발을 뗄 때 폭발한다. 카불 거리에 많이 보이는 앉은뱅이 사내들의 늙은 여자친구였다. 아프가니스탄에서 러시아군은 이슬람 저항군들을 상대로 이 지뢰를 썼다. 그리고 무자헤딘[9]은 저들끼리 싸우며 이 지뢰를 사용했다. 탈레반은 남은 재고들을 해치웠다.

가장 창의력 넘치는 전사들은 이 지뢰를 써서 폭탄을 위장했다. 그 위에 뭐든지 ─ 두꺼운 책, 무기, 못 상

---

8) 코란 2장 223절.
9) 아프가니스탄의 무장 게릴라 조직.

자─놓을 수 있었는데, 그걸 줍는 사람은 압력이 풀리면서 3백 그램의 TNT 꽃다발을 선물로 받게 되었다. 뜨거운 바람이 그 사람의 음경을, 다리를, 배를, 심장을, 목을 앗아갔다.

자헤르는 고심했다. MS3를 파괴하는 건 전혀 어렵지 않았다. 흙을 치우고 금속에 작은 폭발물을 놓으면 되었다. 심지에 불을 붙이고 일 분 동안 멀어지는 것이다. 그 폭발물이 지뢰를 파괴했다. 시커먼 연기가 구름처럼 일었고, 그러면 사내들은 "하나 줄었다"고 말했다. 수백만 개가 남아 있다는 생각을 하진 않았다.

그는 붓질로 조각상의 위쪽을 털어냈다. 작은 얼굴이 긴 잠에서 깨어나더니 암흑에서 빠져나와 빛으로부터 자신을 보호하려고 눈을 찡그리는 듯한 느낌이 들었다. 그 동상은 이교異教 시대의 우상 중 하나였다. 자헤르의 머릿속에 코란의 한 장이 떠올랐다. **"그들은 신보다 여신들을 부른다."**

여신은 알렉산드로스의 군대와 더불어 박트리아[10]의

---

10) 힌두쿠시산맥과 아무다리아강 사이에 고대 그리스인이 세운 나라.

경계까지 이르렀다. 행진하는 군대는 신들이 좋아하는 교통수단이다. 마케도니아군은 그들 말에 매단 가죽 부대 속에 유리병, 금속 목걸이, 작은 인형 들을 잔뜩 담았다. 아나톨리아 고원과 페르시아의 제방들, 인더스 강 주변의 사람들은 제우스와 헤르메스에게 감사했다. 호메로스가 그리는 신들의 이미지는 그렇게 전투부대의 쩔그럭거리는 소리에 실려 잘 알려진 세상의 난간까지 이동했다. 그곳에선 굼뜬 햇살이 대량학살을 비추고 있었다. 전사들은 지나가면서 예술가 집단을 몽땅 휩쓸어갔다. 병사들은 피의 자국을 길게 남겼고, 조각가들은 그들의 작품을 흩뿌렸다. 이후에 그리스인들은 불교 승려들을 만났다. 그리스의 정기가 동양의 신비에 풍요로움을 더했다. 새로운 예술이 탄생했다. 붓다는 아폴론의 이목구비를 취했다. 15세기가 흐른 뒤, 탈레반들은 그들 어리석음의 법령들로 아름다움의 법령들을 무너뜨렸다. 자헤르의 눈앞에 묻힌 작은 여신은 파란 많은 이 시대들의 충적층이었다.

이슬람 이전 시대의 형상들이 종종 MS3들을 덮는 데 쓰이곤 했다. 편암이나 회반죽으로 조각된 그 형상들은 작고 묵직했으며, 수집가들이 높이 평가해서 팔기가 아주

쉬웠다. 덫을 놓는 자들은 일석삼조의 효과를 보았다. 적을 다치게 하고, 적의 탐욕을 응징하며, 우상 하나를 파괴하니 말이다. 자헤르는 먼지 구덩이 속에 망연자실하게 앉아 왜 자기 다리가 구덩이 건너편에 있는지 이해하지 못한 채 제 다리를 응시하는 사내들을 숱하게 보았다.

자헤르는 힐끗 쳐다보고는 팀의 대장이 자신을 쳐다보지 않는다는 걸 확인했다. 한 가지 생각이 그의 마음속에서 일었다. 그의 심장이 터질 듯 펄떡였다. 조각상을 파괴하지 않아야 했다. 그 고물은 파키스탄 시장에서 엄청난 달러를 받을 수 있었다. 카불에서조차 살 사람을 찾는 데 전혀 어려움이 없을 터였다. 그 우상은 산산조각내지 말아야 했다. 어쩌면 그것이 그에게 아들을 안겨줄지도 몰랐다!

그는 일어나서 과수원의 보호 담장을 살폈다. 그는 그곳에서 동글동글하고 매끈한 돌멩이 하나를 주웠다. 기폭장치의 압력을 유지한 채 조각상을 같은 무게의 무언가로 대체해야만 했다. 그는 은폐물을 치워 조각상을 완전히 드러냈고, 지뢰 주변의 황토를 파서 작은 구덩이를 만들었다. 서둘러야만 했다. 상관들이 끊임없이 이곳저곳 순찰

노숙 인생

하고 다녔기 때문이다.

명백한 사실이 그에게 제시되었다. 코란 4장 38절은 아무런 도움이 되지 않았다. "너희들(남자들)은 불복종할까 두려운 여자들을 나무랄 것이다. 그들을 침대에서 내쫓고, 때려라. 하지만 여자들이 복종하면 언쟁할 생각을 하지 말라. 신은 높고 위대하시다." 자제를 때려봤자 아무 소용없을 것이다. 차라리 버리는 편이 나았을지 모른다. 마을에는 출생 운수에 실망해서 아들을 낳지 못하는 아내들의 행실만 공연히 고쳐대는 남편들이 많았다. 때리는 데는 한계가 있고, 신은 원하시는 대로 심는다.

그는 아내를 바꿀 것이다! 조각상이 그 열쇠였다. 그것은 여러 시대를 가로질러 그에게 왔다. 그의 입술에서 콧노래가 흘러나왔다. **너희들이 아내를 나무랄 때면 아내를 돌려보낼 때가 되었다. 적절하게 다뤄서 데리고 살든지 아니면 관대하게 돌려보내라.**[11] 기도가 절로 올라왔다. 그는 영혼이 살갗까지 올라와 들뜬 채 작업했다. 그는 자제에게

---

11) 코란 2장 231절.

돈을 줄 것이고, 그녀를 돌볼 것이며, 신의 권고를 따를 것이다. 그는 그녀가 이웃집 딸처럼 목숨을 내놓는 걸 원치 않았다. 이웃집 딸이 자살한 건 아무도 알지 못했고, 마을 경찰은 그 딸이 "집안에서 일어난 사고에 희생"된 것으로 선언했다.

자혜르는 깨끗이 치웠다. 하얗게 내리쬐는 햇살 아래 조각상은 받침대 위에 우뚝 서 있었다. 그는 조각상의 허리를 붙들고 MS3 위에 단단히 지탱했다. 돌의 형체를 만지자 전율이 일었다. 사암은 살구색에 보드라웠고, 거의 따뜻했다. 곧 그는 진짜 여자의 보드라운 살을 손에 쥐게 될 것이다! 그는 지뢰 뚜껑과 조각상 받침대 사이에 납작한 흙손을 밀어 넣었다. 연장은 밀리미터씩 나아갔다. 그것은 진동막 위의 작은 혹 같은 기폭장치의 저항과 맞닥뜨렸다. 자혜르는 날을 끼워 넣어 정확한 타격으로 불룩한 혹을 눌렀다. 성공이다.

그는 부자였다. 그러니 다시 결혼할 것이다. 아내를 소박疏薄하고 일부다처제를 누리려면 어느 정도 재력이 필요하다. 대가족의 생활에 비용을 대려면 돈이 필요하다. 그의 생각 속에서 아내 자제는 이미 먼 추억처럼 둥둥 떠다녔다.

그는 팔목 힘을 다해 연장의 납작한 면을 용수철 위에 대고 유지했다. 그리고 조각상을 꺼내 자기 뒤쪽 먼지 속으로 던졌다. 그것은 주먹으로 깃털 베개를 칠 때 나는 소리를 내며 떨어졌다. 그는 돌멩이를 잡기 위해 손을 뻗었다. 그의 손가락들은 허공에서 허우적거렸다. 돌멩이를 너무 멀리 둔 것이다. 그는 팔을 뻗어보지만 25센티미터가 모자랐다. 그는 지뢰 위의 흙손을 누른 채 조심스레 왼쪽 다리를 뻗었고, 오른쪽 뒤꿈치로 균형을 잡고 쪼그리고 앉았다. 그래도 유연성이 부족해서 다리를 뻗으면서 떨림을 억누르지는 못했다. 경련은 충격파처럼 그의 몸으로 퍼졌고, 그의 손목까지 흔들었다. 흙손 날이 0.5센티미터쯤 미끄러졌다. 그는 그것을 다시 단단히 자리 잡고는, 다리를 굽히고 무릎을 꿇었다.

– 빌어먹을 우상 새끼!

휴식을 취하고 진정해야 한다. 그는 공기를 일 리터쯤

삼켰다. 바람은 아직 불지 않았다. 포플러나무들은 꼼짝 않고 익어가고 있었다. 땀이 진흙 위로 떨어졌고, 한 방울 한 방울이 시커멓게 작은 분화구를 만들었다.

그는 눈을 감았다. 몇 명의 여자를 맞이할까? **"만약 너희가 어미 잃은 아이들을 공정하게 대할 수 없다는 생각이 든다면 좋은 여자 가운데 둘 또는 셋 또는 넷과만 결혼해라."**[12] 넷! 통계학의 법칙은 분명히 그에게 아들을 안겨줄 것이다! 이제 끝내야만 했다.

그의 몸은 끝이 뾰족한 세 개의 아치처럼 기이한 형태를 그리고 있었다. 다리 하나는 지지대가 되었고, 다른 다리는 뻗고 있었고, 두 손은 지뢰 위의 흙손을 누르고 있었다.

그의 발끝이 돌멩이에 닿았다. 그는 조금 더 몸을 뻗어 돌멩이를 발에 걸어서 조심조심 가져오려고 시도했다. 종아리에 쥐가 났다. 긴장한 근육을 풀려면 숨을 크게 쉬고 핏속에 공기를 주입해야 했다. 그는 숨을 몰아쉬었다.

어떡해서든 다리를 쉬게 하고 몇 분 기다렸다가 작업을 다시 시작해야만 했다. 마비가 무릎까지 올라왔다. 그는

---

12) 코란 4장 3절.

고통을 덜기 위해 재빨리 발을 끌어오려 했다. 샌들 끝이 돌멩이에 닿았다. 폭발은 산기슭 아래까지 울렸다.

자헤르는 황토 속에 얼굴이 파묻힌 채 살짝 함몰된 곳 바닥에 내동댕이쳐져 있었다. 몸에서는 연기가 나고 있었다. 황토엔 피가 물들어 있었다.

그의 옆에는 사냥하고 유랑하는 여신, 사슴들의 친구이자 샘의 여왕이고, 님프의 여신이며, 고통받는 여자들의 수호신으로, 짐승 같은 남자들이 여자들에게 가한 영원한 모욕을 복수하는 아르테미스 여신상이 아무 타격도 입지 않은 채 남아 있었다.

버그

헬메르: 사랑하는 사람을 위해 자기 명예를 희생할 사람은 아무도 없어.
노라: 그건 수십만 명의 여자들이 해온 일이야.

— 헨리크 입센,《인형의 집》

우리는 현재 네 번째 시대인 칼리유가를 살고 있다….

— 르네 게농,《현대세계의 위기》

네팔의 구룽족 마을 지라온, 8시

아룬은 배가 고프다. 아침 8시인데 그의 밥그릇은 비어 있다. 집안에는 정적이 깔렸다. 이끼류 향기를 품은 선선한 바람이 커튼을 들추고 방을 지난다. 도마뱀 한 마리가 사냥을 끝내고 삼나무 들보 위에 납작 엎드린 채 쉬고 있다. 아룬은 걱정이 된다. 평소 같으면 이 시간에 밥솥이 소리를 내며 김을 천장까지 내뿜을 텐데. 열린 문밖으로 가네시 히말 꼭대기가 보인다. 새벽에 빙산은 밥 색깔을 띤다.

아룬은 당황스럽다. 8시 10분인데 그의 밥그릇은 비어 있다. 도마뱀은 사라졌다. 분홍빛 도는 작은 벌레가 이동할 때, 눈은 따라가지 못한다. 마치 녀석은 해체되었다가 더 먼 곳에서 다시 나타나는 것만 같다. 그가 결혼한 지 얼마나 되었던가? 10년이다. 10년 동안 식사가 제때 도착하지 않은 건 처음이다. 어쩌면 구룽족이 이 땅에 존재한 이후로 처음인지도 모른다. 이런 일이 예전에 일어났더라면 그 사건은 우화로 남았을 것이다. 사람들은 저녁마다 나무 아래에서 보리 맥주를 마시고 하시시 파이프를 피우며 그 이야기를 했을 것이다. 그래서 아룬은 그 이야기를 달달 외웠을 것이다. 그는 차마 움직이지 못한다. 그의 마음에 두려움이 끼어들었다.

유일한 설명은 그의 아내가 죽었으리라는 것뿐이다. 어쩌면 강물에 휩쓸려갔는지 모른다. 열대계절풍은 목숨을 베는 낫 같다. 여자들은 아침 식사 전에 모래톱에서 빨래하고, 빤 옷가지들을 바위 위에 넌다. 그런데 이따금 그러다 미끄러져 소용돌이에 휩쓸리기도 한다. 물살은 아무것도 돌려주지 않는다. 비명의 메아리조차 돌려주지 않는다. 그게 아니면 짊어진 나뭇단 무게로 균형을 잃고 낭떠러지에 접한 길로 미끄러졌는지도 모른다. 지난달에 비크람의 여조카에게 닥친 일이다.

갑자기 웬 형체가 문틈 속에 나타나 산을 가린다. 방이 조금 어두워졌다. 아룬의 아내 칼리다. 그녀는 죽지 않았고, 심지어 아주 건강해 보인다.

– 밥은? 아룬이 엄한 얼굴로 묻는다.

– 돼지들에게 줬어. 돼지들이 당신 몫으로 좀 남겨뒀는지 가서 봐.

생 로랑 복음 공동체

텍사스, 10시

아이들이 울부짖는다. 수프 냄새가 계단을 기어올라 2층까지 왔다. 야콥은 성서를 읽고 있다. 저녁 시간이고, 아이들은 일일주기 중 치열한 생존경쟁의 단계에 들어선다. 수프 냄새가 그들의 힘을 깨우는 단계다. 배를 채우려면 다른 아이들보다 더 크게 울어야 한다. 울음과 호박 냄새가 야콥을 고린도서에서 빼낸다. 그는 읽던 페이지에 가죽 책갈피를 끼운다. 그리고 난간을 손으로 붙들고 계단을 내려가며 타르수스의 바울이 한 말을 생각한다. "(…) **남자는 하느님의 영광이니 머리를 가려서는 안 됩니다. 그러나 여자는 남자의 영광입니다. 남자가 여자에게서 난 것이 아니라, 여자가 남자에게서 났습니다.**"[13]

노숙 인생

저녁 7시 30분이다. 식탁에는 종말의 분위기가 감돈다. 레베카가 숟가락으로 자기 수프 접시를 두드린다. 야콥은 손가락으로 식탁보 위의 얼룩을 문지른다. 사무엘이 18개월 된 아기 머리 위로 물을 엎지르자 아기가 자지러지게 운다. 세 살, 네 살, 여섯 살, 그리고 아홉 살 난 다른 아이들은 식탁 밑에서 싸우고 있다. 어린 돌격대가 사령탑을 함락해버려 앨리슨은 정신이 없다. 야콥은 식사 기도를 하더니 수프를 후루룩 들이켠다. 앨리슨이 아이들을 다 처리하고 눕힌 뒤 정적을 얻기까지는 한 시간 반이 걸린다. 마침내 졸음이 엄습한다.

저녁 9시 30분. 야콥은 읽던 책으로 돌아갔고, 바울은 이제 에페수스에서 복음을 전한다. 앨리슨은 설거지를 하고, 아침식사 준비를 한다. 고요한 집안에 접시 부딪히는 소리가 이따금 들린다.

저녁 10시 30분. 그녀는 남편이 있는 침실로 와서 옷을 벗고, 씻고, 눕는다. 야콥은 11시에 불을 끄고 왼팔로 아내의 허리를 감싼다.

---

13) 고린도전서 11장 7~8절.

– 오늘 밤은 안 돼. 아내가 말한다.

– 어디 아파?

– 아니.

– 그럼 뭐야?

– 오늘 밤은 하지 말든지 아니면 중간에 빼.

– 중간에 빼라니 왜?

– 임신하고 싶지 않아.

야콥은 불을 켠다. 심각한 얘기를 할 때는 서로의 눈을
바라보아야 한다.

– 당신, 불충한 사람들처럼 하려는 거야? 그가 투덜거
린다.

– 내가 바라는 건 그저 다시 임신하지 않는 거야.

– "생육하고 번성하여 땅에 충만하여라."

– 지구는 이미 가죽 주머니처럼 가득 찼어! 이 집에서
는 그런 말 하지 말자고.

– 한계를 정하는 건 우리가 할 일이 아니야. 야콥이 말
한다.

앨리슨은 돌아누워 이불을 꼭 쥐고 끌어당긴다.

– 또 아이들을 갖고 싶지 않다고. 그녀가 말한다.

- 당신 안에 악마가 들었어!

- 아이가 드는 것보단 나아.

야콥은 몸을 떨었다. 아내가 원하든 원치 않든, 아내는 그의 씨앗을 받게 될 것이다. 그가 아내의 어깨를 붙들지만, 앨리슨이 더 빨라서 테라코타 램프 밑동으로 남편의 머리통을 내리친다. 이날 밤, 그녀는 전에 없이 푹 잔다. 9년의 결혼생활 동안 처음으로 그녀의 남편이 코를 골지 않는다.

케르만, 이란 남쪽 케르만 정부청사, 11시

이 도시의 지사인 피루즈 나제리는 자기 식탁에 앉는다. 아내 피루제가 식사를 차린다. 그녀는 둥근 화덕의 흙벽에 붙여서 구운 빵을 남편 앞에 놓는다. 지사의 딸들이 들어온다. 유연한 네 아이는 어머니와 함께 야채와 크림 그릇이 잔뜩 놓인 양탄자를 둘러싸고 바닥에 앉는다. 매일 그들은 그렇게 아버지의 발밑에서 밥을 먹는다.

지사는 안락의자에 앉아 넓은 팔걸이 위에 놓인 주석 대야에 손을 씻는다. 물병을 든 큰딸이 깨끗한 물을 조심스레 붓는다. 쏟아지는 물소리가 절대적 침묵에 흥을 입

힌다. 피루즈 나제리의 눈길이 다른 딸들을 향하고, 코란의 4장 12절이 그의 입술에 떠오른다.

너희는 너희 부모 가운데 누가, 혹은 너희 자식들 가운데 누가 너희에게 더 유용할지 알지 못한다.

그는 눈을 하늘로 치켜뜨고 한숨을 내쉰다. 도지사는 손가락으로 닭의 살을 찢는다. 그리고 작년에 쌍둥이를 얻은 동생을 생각한다. 축복이다! 신께서 그에게 아들을 하나 주셨더라면 그는 그 아이를 하산이라 불렀을 테고, 그 아이는 여기 그의 앞에 앉아 밥을 보고 좋아하고 있을 텐데.

별안간, 전에 없던 일이 일어난다. 피루제가 의자들을 옮기는 것이다. 그녀는 의자들을 거실로 가져와 식탁 주변에 놓은 다음 앉더니 딸애들을 불러 똑같이 하라고 한다. 딸애들도 하나씩 자리 잡고 앉는다.

도지사는 씹다 말고 멈췄다. 그는 마치 위를 한 대 얻어맞기라도 한 것처럼 충격을 받은 모습이다. 누구도 그의 집 지붕 아래에서 성스러운 규칙을 어긴 적이 없었다.

– 당신은 선지자를 모욕하고 있어. 그가 피루제에게 말한다.

노숙 인생

‑ 그분이 나를 모욕하고 있죠. 그러니 당신이 남자라면 나를 지켜줘야죠.

‑ 당신 자리로 돌아가.

‑ 내 자리는 식탁이에요.

‑ 당신 자리는 바닥이야.

‑ 거긴 개들의 자리라고요!

‑ 거긴 여자들의 자리야, 그러니….

피루제는 더는 말을 듣지 않고 건포도 넣은 밥을 아이들 그릇에 담고, 아이들은 즐겁게 재잘거린다. 유쾌함이 아이들의 뺨을 발갛게 물들인다. 아이들은 아버지의 눈길을 외면하고 웃는다. 지사는 식탁 위에 두 손을 올린 채 창백한 얼굴로 세상이 무너지는 걸 지켜본다.

그는 자기 기억을 뒤적여 보지만 이 상황을 위한 어떤 코란 구절도 존재하지 않는다. 구명부표가 없다.

인도, 구자라트주의 브란드라나푸르 마을, 12시

타는 듯한 시간이다. 하늘은 대장간 같다. 짐승들, 인간들, 신들이 그늘로 숨는다. 딱정벌레들조차 날기를 포기한다. 나비들은 날개로 부채질을 하고, 물소들은 진흙탕 속으로 온전히 숨으려 애쓰고, 개들은 혀를 축 늘어뜨린다.

마당에도, 골목길에도 아무도 없다. 때가 되었다. 비크람은 어머니가 오늘 아침에 준 기름통의 뚜껑을 열고, 부엌문을 가만히 민다. 메에루가 저녁 차파티[14]를 준비하고 있다. 그녀는 노란 사리를 입고 가스레인지 앞에 쪼그리고 앉아 있다. "나일론 사리를 입을 때까지 기다려야 해", 하고 아버지는 권고했었다. 비크람은 기름통을 비운다. 메에루는 성냥 긋는 소리를 들을 필요조차 없이 자신이 태워지리라는 것을 안다.

그녀는 머리 위로 먹구름이 몰려들고 있다고 이미 느꼈다. 열대 계절풍의 구름보다 더 시커먼 구름이 증오를 품고 무겁게 몰려왔다. 시골구석에서 부모는 더이상 지참금을 지불하지 못했다. 시댁은 두 얼굴을 가진 존재다. 친절의 가면 아래 탐욕스러운 짐승이 웅크리고 있다. 이득이 되지 않는 아내는 말라버린 원천이고, 죽은 사지다. 돈도 없고, 탈출구도 없다. 빚을 갚지 못하는 여자들 가운데 가장 운 좋은 여자들은 버려졌다. 다른 여자들은 불태워졌

---

14) 밀가루를 반죽해서 둥글고 얇게 만들어 구운 인도식 빵.

노숙 인생

다. 불길보다 빠른 생각들이 메에루의 머릿속에 몰려든다. 브라마[15]는 왜 여자를 창조했을까? 칼리의 폭력을 받아 줄 수조가 필요했을까? 직물에 불이 붙는다. 그녀는 나일 론이 그녀의 파멸이 될 것이니 사리를 벗어버려야 한다는 걸 알았다. 불이 살갗을 공격한다. 그러나 별들 사이에 내 걸린 운명의 양피지에는 메에루가 재로 끝나지 않을 것이 며, 가정 사고란의 짧은 공지로 끝나지 않을 것이라고 쓰 여 있다.

비크람이 부엌에서 미처 물러날 새도 없이 아내가 그에 게 달려들었다. 매일 아침 바셀린을 발라 윤을 낸 자기 수 염을 아주 자랑스러워하던 비크람에게 순식간에 불이 옮 겨붙었다. 어리석게도 시골 벌판의 그 가난한 청년은 기 름통을 내려놓을 생각조차 하지 못했다. 그는 유황처럼 타올랐다. 순식간에, 비크람보다 빠르며 더 유연하고, 순 발력 있으며, 무엇보다 오랜 예속 상태로 인해 더 날이 선 메에루는 밖으로 뛰쳐나가 문을 닫았고 — 걸쇠가 떨어질 정도로 세게 — 세 번 펄쩍 뛰어서 마당을 가로질러 물소

15) 힌두교 최고의 신.

들의 늪 속으로 뛰어든다.

그녀의 몸에서는 연기가 났다. 그녀는 피부 몇 군데에 흉터만 남을 뿐 무사할 것이다. 청년의 울부짖음이 들려온다. 숨어 있던 시부모가 달려오더니 그대로 굳어 버렸다. 메에루는 살아서 늪 가에 누워 있다. 부엌에서 저렇게 고통받는 게 누구지? 아버지가 문을 부순다. 비크람이 죽어 있다. 메에루가 시아버지에게 다가간다. 누더기가 된 사리가 엉덩이 곡선에 들러붙어 있다.

– 당신 아들은 모자랐어요. 그런데 오늘은 자기 능력 이상을 보여줬어요. 아버지를 빼닮아 우둔했는데 말이죠.

그녀는 등을 돌리고 자기 가족에게로 돌아간다.

디종, 프랑스, 13시

그들은 불그스름하고 살이 쪘다. 동물성 단백질, 소화불량, 자기만족, 될 대로 되라 식의 생활 때문에 광대뼈의 혈관이 터졌다. 붉은 코와 둥근 배는 공화국 명사들의 표식이었다. 거실의 벽토 아래 상공회의소 회원들이 모여 있다. 그들은 점심식사를 하고 있고, 그곳엔 아내들과 뿔닭 요리가 있다.

노숙 인생

앙글라드가 말한다.

– 무슬림들은 하늘의 법밖에 알지 못합니다. 신은 결정하고, 인간은 실행하죠. 하지만 이슬람도 시간의 흐름에 대적할 수는 없지요. 진보가 이슬람을 짓누를 겁니다!

파르네즈가 말한다.

– 무슨 그런 말씀을 하십니까. 여자들이 있잖아요! 이슬람의 율법은 여자들 때문에 절대 물러서지 않을 겁니다! 무슬림들은 어떤 자본주의식 착취 기업보다 더 숙련된, 기막힌 서비스 체계를 갖추고 있지요. 인류의 절반이 다른 절반을 부리는 겁니다. 남자들은 일종의 노예제를 설립했고, 거기에 성 봉사까지 포함했죠. 그들은 마음대로 부리는 프롤레타리아를 소유한 특권을 절대 내려놓지 않을 겁니다.

앙글라드는 이미 모르공 와인 한 병을 들이켜서 귀 위쪽까지 빨개졌고, 기분이 좋았다.

그가 말했다.

– 그 사람들에게 내 여자를 보내야 할까 봐요. 하나만 보내도 충분할 테니!

– 나를 가지고 그런 식으로 말하지 말라고요, 그의 아내

가 그에게 속삭인다.

그는 그 말을 듣지도 못한다. 이미 내친걸음이었다! 그는 희극의 비탈길 위에 서 있다.

– 그 사람들도 금세 깨닫게 될 테지. 그가 덧붙인다.

그의 주변 사람들이 폭소한다. 앙글라드는 아주 괴짜다.

– 루이, 입 좀 다물라고….

– 자! 보시다시피, 이 여자는 여기서 나를 검열하려 들잖아요! 사람 살려!

– 당신 거슬려.

하지만 그는 건강하고, 돈줄을 쥐고 있으며, 성공했고, 스스로 재밌다고 생각한다. 그는 결혼한 지 30년째다. 사랑을 짓눌러온 30년이다. 그는 뭐든 할 수 있다. 뭘 하건 그는 아내와 묶여 있다. 그는 바위이고, 그녀는 풀밭이다. 그가 말을 잇는다.

– 이래서 내가 국회의원으로 출마해서 목소리를 낼 연단을 가지려는 겁니다. 내 집에서는 입에 재갈이 물려서.

– 루이….

– 부르카가 사라지고 있다고요!

사람들이 그에게 박수갈채를 보내자, 그는 한층 더 대

담해져서 자기 오른편에 앉은 스물여덟 살의 여성 공보관에게 속삭인다.

– 하지만 당신은 부르카를 벗길 잘했어요.

앙글라드 부인은 벌떡 일어서더니 결혼반지를 빼서 식탁보 위에 내려놓는다. 그리고 지하 납골당 같은 정적 가운데 그곳을 떠난다. 문을 나서기 전에 그녀가 돌아보며 말한다.

– 30년 동안 견뎌온 상스러움은 이걸로 끝이에요.

열일곱 명의 여자들이 똑같은 기세로 일어나더니 엠파이어 살롱을 떠난다.

코르부시온, 멕시코, 14시

페드로 라미레즈는 깊이 잠들어 있다. 해는 들판 중천에 떠 있다. 뜨거운 열기가 산맥을 집어삼켜서 개들조차 아케이드의 어도비 벽돌 밑에서 그늘을 찾는다. 그는 '고통의 성모 마리아' 상 아래에 있는 침대 건너편에서 자고 있다. 초 하나가 켜져 있고, 그 불빛이 성모의 뺨 위에서 춤을 춘다. 천장에는 파리 한 마리가 앉아 있다.

아둔한 리카르도의 자동차가 불꽃을 일으키며 지나간다. 그는 여전히 배기통을 수리하지 않았다. 개들은 짖기만 하고 따라가지는 않는다. 페드로 라미레즈가 한쪽 눈을 뜬다. 열린 눈꺼풀 틈새로 문의 하얀 얼룩이 들어온다. 이글거리는 열기는 방 안까지 들어서지 않고 문턱에 머물러 있다. 여긴 정말 시원해, 페드로는 다시 눈을 감는다. 파리가 날더니 60센티미터 떨어진 곳에 앉는다.

이쯤에서 페드로는 아직 한두 시간, 또는 세 시간 더 고통을 겪는다. 독은 여전히 핏속에 퍼져 있다. 마치 심장이 머릿속으로 올라가 뛸 때마다 뇌를 치는 것만 같다. 앞으로는 절대로 맥주와 위스키, 메스칼린과 테킬라를 섞지 말 것. 파리가 그의 이마에 앉는다. 그는 파리를 쫓다가 자기 손이 자기를 때리는 걸 느낀다.

그는 전날 호되게 두들겨 팼다. 마리아는 그가 문을 닫고, 텔레비전 소리를 낮추고, "마약에 중독된 화학자가 저지를 법한 멍청한 짓"을 그만두길 바랐다. 어려서부터 사람들은 그에게 언제나 명령을 내렸고 해야 할 일을 설명했다. 페드로 라미레즈에게 무엇이 좋은 일인지 온 세상이 아는 것 같았다. 마리아가 어머니처럼 그에게 말하기 시작하면 그는 견디지 못했다. 그러면 그녀를 붙잡고 아이에게 하듯 자기 남자에게 말하면 안 된다는 걸 가르쳐주려고 때렸다. 이 못된 년은 그가 어린애가 아니라는 걸 늘 까먹었다. 대개 그녀는 쓰러졌고, 그는 그녀를 다시 일으켜 세워 연타를 날렸다. 평소처럼 그녀는 침실에서 자고 있는 아기를 깨우지 않으려고 비명을 지르지 않았다. 페드로는 자기 주먹을 바라본다. 마리아의 얼굴은 어째서 이렇게 딱딱하지?

마리아는 고발하지 않을 것이다. 친정 부모는 Q에 살고 있고, 그녀에게는 아직 어려서 보호자가 없으면 안 되는 어린 아기가 있으니 말이다. 어미가 아이의 미래를 망치지는 않을 테니까. 코르부시온의 경찰서로 말하자면, 경찰들이 거기서 여자들과 무슨 짓을 하는지, 고발하러 갔다가는 어떤 대가를 치르게 될지 모두가 안다.

유일한 문제는 핏속에 퍼진 독이다. 5년 전만 해도 그는 같은 양의 술을 먹고도 정오에는 일어났다. 피가 모든 걸 씻어주었다. 노화란 뱃속의 증류기 성능이 약해지는 일이다.

그림자 하나가 그의 눈꺼풀 아래로 지나간다. 누군가가

문 앞에 서서 빛을 가리고 있다. 그는 눈을 뜬다.

– 뭐지….

역광으로 그는 권총을 본다. 먼저 자신의 레밍턴을 알아보고, 이내 마리아를 알아본다. 그녀는 방 안으로 두 걸음 다가오더니 방아쇠를 세 번 당긴다. 머리에 한 발, 가슴에 두 발. 성모상 위로 핏방울이 튄다. 파리가 날아올라 밖으로 나가는 길을 찾는다.

비슈케크, 키르기스스탄, 15시

보스니아 대령과 알바니아 양치기 여자의 아들인 알리 주바에프는 아프가니스탄 분쟁 동안 소련군을 혼란에 빠뜨린 D 장군의 측근이었다. 지금 주바에프는 중앙아시아 최대 규모의 여성 성매매 조직의 우두머리다. 오늘 저녁, 그는 행복한 남자다. 비슈케크의 나이트클럽 타메를란에서 자신의 55번째 생일을 기념하는 파티를 열었다. 보안은 그의 부하들이 맡았다. 그는 부하들에게 정부 경찰의 보충병 몇 명을 붙여주었는데, 군모를 쓴 그 게으른 놈들은 한 분기에 정부에서 받는 돈을 하룻저녁에 벌게 될 것이다. 손님들이 도착한다. 세단들의 발레가 펼쳐진다. 메르세데스 600과 시커먼 창유리의 허머들. 자본주의 국가의 자동차들을 가질 결심은 끝내 할 수 없었던 D 장군의 볼가도 도착한다.

러시아인들, 체첸인들, 아제르바이잔인들, 알바니아인들과 튀르키예인들. 친구의 초대에 응답한 그들은 모두 서른 명이다. 어떤 이들은 금발에 옆가르마를 타고 큼직한 검은색 외투를 걸쳤고, 어떤 이들은 금니가 눈에 띄었다. 저마다 미리 군침을 흘릴 이유가 있다. 저녁 파티를 기획한 건 타티아나 메첸코였다. 3년 전부터 이 우크라이나 여자는 주바에프에게 신선한 육신을 공급하고 있다. 그녀는 아리아족 미녀들을 좋아하는 주바에프의 취향을 안다. 그는 멍한 표정의 여자들을, 우수 어린 스물두 살의 투명한 금발 여자들을 좋아한다. 동양 여자들은 너무 사악해서 섹스를 할 때조차 무장폭동을 선동하는 것만 같다. 러시아 여자들은 훨씬 유순한데 무 냄새를 풍긴다.

매년 이 포주 여자는 미녀들을 찾아낸다. 시골을 구석구석 뒤지고, 빌니우스에서 키에프까지, 놈스크에서 민스크까지 대학들을 샅샅이 탐색한다. 예전에 소련은 이데올로기의 실험실이었다. 오늘날 옛 제국은 섹스 양성소다.

메첸코는 시골의 여신들에게 댄서들의 번쩍이는 미래를 보여준다. 그 여신들은 타메를란의 지하나 타슈켄트의 술집들에 갇히게 된다. 주바에프는 그들을 세세히 살피고, 써보고, 내놓는다. 여자들은 무대에 오른다. 그리고 이런 밤의 전반부는 크롬 도금된 금속봉에 들러붙어 보내고, 후반부는 환각에 빠진 신흥부자들에 들러붙어 보낸다.

주바에프의 손님들은 자정까지 만찬을 즐긴다. 대단히 오래된 프랑스산 크뤼 와인을 아무렇게나 마시고, 이날 저녁의 클라이맥스를 기다리며 쿠바 시가를 피운다. 알리는 최고로 멋진 견본들의 행진을, 가축들의 행렬을 약속했다. 바라보고 구매하고 팔아먹을 여자들. 그곳에 자리한 모두가 사고파는 일에 경이롭도록 능숙하다.

알리는 테크노 음악의 볼륨을 낮게 한 뒤 무대에 나선다. "친구들, 곧 보시게 될 광경을 한껏 누리고 고르세요! 만수를 빕니다!" 커튼이 오르고, 펼쳐진 광경 앞에 아연한 침묵이 깔린다.

사람들은 말없이 잠시 서로를 바라보았고, 이내 몇몇이 목소리를 높인다. "함정 아냐?" "우리를 배반하는 거야?" "개자식!"

알리가 사태를 수습하려고 무대 위로 훌쩍 뛰어오른다. "커튼 내려요!" 그러나 커튼은 내려가지 않는다. "친구들, 내 말 좀 들어보세요!" 그러나 아무도 그의 말을 듣지 않는다. "전부 설명할 테니 진정하세요." 하지만 권총집에서 무기들이 나온다. 목소리가 높아지고, 사람들이 알리를 붙잡으려고 달려든다. 총소리가 난다.

이튿날 신문들은 타메를란에서 벌어진 복수극을 이야기한다. 정치가들의 시신 열두 구가 발견되었다.

신문들이 말하지 않는 건 타티아나 메첸코가 커튼이 오르기 몇 시간 전에 제 노예들을 풀어주었다는 사실이다. 손님들이 무대에서 노예 대신 본 건 그들의 어머니들이었다. 그 부인들은 우크라이나 여자의 초대에 응했다. 커튼이 올라갔을 때 보인 건 엄한 얼굴로 줄 맞춰 앉아 있는 그 어머니들이었다.

*

역사가들은 이 사건의 원인에 대해 끝내 의견 일치를 보지 못했다. 무슨 일이 일어났는지는 아무도 알지 못한다. 붕괴가 너무 갑작스러워 모든 설명을 휩쓸어갔다. 잔해물에 증인들마저 매몰되었다. 고약한 바람이 기억까지 쓸어갔다.

저항의 단자들이 대기 중에 떠돌았을까? 몇몇 발명가들이 실험실의 고독 속에서 동시에 발견하는 잠재 아이디어들처럼, 반동의 원리가 은밀히 싹트고 있었던 걸까? 하늘의 계시가 있었던 걸까? 지구 인구 절반의 내면에서 하나의 진실이 은밀히 부화한 걸까? 상파울루부터 리브르빌까지, 안트베르펜부터 요하네스버그까지 동시에, 전조 없이, 수십억 명의 여자들이 함께 도약해 자유로이 낯선 세계를 향해 나아갔다.

폭력은 평소의 배출구를 별안간 박탈당했다. 희생양이 잠에서 깨어났다. 여자들은 수천 년 된 구축물의 균형을 이루는 방정식을 거부했다. 모든 것이 무너졌다. 이날 이후로 여러 달 동안 고삐 풀린 힘의 분출이 세상을 뒤흔들었다.

남자들은 서로에게 덤벼들었다.

소요가 폭발했다. 주식이 추락했다. 광기가 맹위를 떨쳤다. 오랫동안 화재가 밤을 환히 밝혔다.

얼마 되지 않는 생존자들에게 이 일화는 **여성의 반란**이라는 이름으로 알려졌다. 비교秘教 전문가들은 경솔한 일부 예지자들이 여자가 남자의 갈비뼈에서 나온 여분의 뼈였다고 선언한 날에 시작된 '암울한 시대'인 칼리유가의 끝을 이 반란이 알렸다고 주장한다.

호수

20일

호숫가 오두막에서 연기가 피어올랐다. 피오트르는 아침 9시에 눈을 떴다. 11월의 숲속에서는 서둘러 일어날 일이 없다. 따뜻한 침대와 얼음장 같은 풀숲 사이에서 몸은 망설이지 않는다. 내부 기능들은 몸을 가능한 한 오랫동안 잠속에 붙들어두려 한다. 그것은 동면의 심리적 변이變異다. 시베리아의 겨울에 난로 가까이에서 잠을 자본 사람들은 이해할 것이다.

견뎌야 할 날이 아직 20일 남았다. 그가 이미 여기서 보낸 1만4천일과 비교해볼 때 그건 그리 어려워 보이지 않았다. 그러나 피오트르는 잠에서 깨면서 초조하게 보낼

노숙 인생

20일이 체념의 40년보다 더 무겁게 짓누르리라는 걸 깨달았다. 그는 바깥을 힐끗 바라보았다. 유리창은 얼었고, 하늘은 강철 같았으며, 숲은 옴짝달싹하지 않았다. 바람 한 점 없었다. 오두막 앞 전나무에 매달아둔 온도계는 -27도를 가리키고 있었다. 추위의 첫 시위는 침묵이다. 피오트르는 일어나서 차분히 날짜를 적었다. 1995년 11월 3일. 그는 삶에 매달리듯이 달력에 매달렸다. 어떤 면에서 그의 삶은 그의 달력 관리와 이어져 있었다. 매일 아침, 그는 난로 속에 장작 한 덩이를 집어넣기 전에 아주 작은 글씨로 날짜를 적었다. 그것은 하나의 의식이었다. 숲속에서 보내는 하루는 의식으로 이루어졌다. 사람들은 강박증과 습관으로 밤까지 이어지는 시간을 쓰러뜨린다. 숲속에서는 개인적인 규율도 칼만큼 꼭 필요하다. 날짜를 아는 건 존엄의 표현이다. 감옥에서 날짜를 세지 않는 자들은 다른 자들보다 더 빨리 미쳐간다. 공책의 첫 줄엔 1956년 2월 29일이 적혀 있었다.

따라서 이제 20일밖에 남지 않았다. 규칙들을 지키고, 집중을 배가해야만 했다. 죽음은 때때로 전혀 위험할 것 없는 오솔길에서 당신을 덮치니 말이다.

비축해둔 걸 거의 써버렸기에 그는 남은 20일을 위해 장작을 더 쪼갰다. 나무 몸통 하나가 넘어갔다. 그는 모직 셔츠 두 개를 겹쳐 입고 전나무를 잘랐다. 셔츠 두 장이면 -27도에서 일할 때 충분하다. 추위는 게으른 자들에게만 미친다. -30도가 넘으면 겉옷을 걸쳐야 한다. 삶에는 이런저런 문턱이 있다.

그는 차를 마시러 집으로 돌아왔다. 그리고 마른 찻잎 뭉치를 칼로 긁었고, 4분의1리터 들이 금속 잔 속에 끓는 물을 붓자 찻잎이 부풀었다. 그는 입술을 데어가며 식탁 위에 놓인 책을 뒤적였다. 그에겐 책이 여덟 권 있었다. 여섯 권은 프로그레 출판사에서 출간된 알렉상드르 뒤마의 작품이고, 러시아 사냥 무기에 관한 삽화집 한 권, 크누트 함순의 《목신 판》의 러시아 번역 초판 양장본 한 권이다. 마지막 책은 혁명 이전에 나온 것이었다. 그는 어떻게 이 소설이 자기 손에 들어왔는지 더는 기억하지 못했고, 그것이 1917년의 격동을 겪고도 왜 살아남았는지 상상해보려 하지 않았다. 피오트르는 이 문장을 사랑했다. "(…) 나는 숲과 고독에 속하기에." 그는 이 문장을 칼로 문설주에 새겼다. 애써 그를 찾아오는 몇 안 되는 방문객은 그렇게

노숙 인생

미리 통고받았다.

그는 창문을 통해 호수를 바라보았다. 강둑 사이에 식탁보 하나가 깔린 듯 보였다. 그는 전쟁 직후, 스무 살 때 참석했던 파티를 떠올렸다. 장교 식당에서 열린 파티였다. 그는 서빙을 했다. 식탁보가 똑같았다. 얼룩 하나 없이 완벽하게 매끈했다. 다만 이곳 호수의 식탁에는 자리한 사람도 드물고 늦게까지 머물지도 않았다.

저녁에 물을 가지러 가다가 그는 모래사장에서 곰의 발자국을 보았다.

19일

그는 따뜻한 이불 속에서 전날 본 발자국을 생각했다. 맹수들은 오두막에 다가오지 않는다. 이 계절에 자연은 겨울을 준비하고, 곰들은 잠을 준비한다. 짐승은 한동안 해변을 배회한 모양이었다. 모래밭 곳곳에 발자국이 남아 있었다. 어쩌면 파벨이 지난주에 마을에서 가져온 햄 냄새를 맡았는지 모른다.

그런데 개는 으르렁거리지도 않았다! 개는 곰과 우정을 맺기도 한다. 짐승이 다가올 때 짖기는커녕 까무러치고,

짐승의 털 속으로 기어들어 그 주름을 핥는다.

11시경, 부르릉거리는 소리가 들렸다. 보트 하나가 멀리서 지나갔다. 틀림없이 어부일 것이다. 40년째 피오트르는 모터 소리가 살짝만 나도 문간에 나서는 습관이 들었다. 그는 무엇을 하다가도 멈추고 살폈다. 숲속의 삶이 너무 단순해서 멀리서 수면 위를 달리는 작은 보트가 주는 기분전환 거리를 그냥 지나칠 수 없는 것이다.

호수 주변에서는 모두가 피오트르를 알았다. 사람들은 그를 '숲속 영감'이라는 별명으로 불렀다. 그가 언제 숲속에 정착했는지는 아무도 기억하지 못했다. 보트는 우회하지 않았다. 그렇지만 어부들은 종종 이 은둔자를 찾아왔다. 그에게 통조림과 소식을, 탄약과 라디오용 배터리를 가져다주곤 했다. 피오트르는 그 대가로 자신이 사냥한 고기와 절인 생선, 여름 내내 병에 담아둔 블루베리와 난로의 온기를 내주었다. 태풍이 불 때면 사람들은 그의 만으로 피신했다. 조종사들은 이곳에서 언제나 마실 것과 먹을 것을 찾았다. 바람이 그들을 3일 동안 묶어 놓을 때조차도. 큰불이 난 해에는 산지기들이 불의 진행 상황을 살피기 위해 그의 집에 2주 동안 머물렀다. 그는 그들을 기꺼이 먹였다. 그리고 숲속으로 사냥을 떠날 때도 문을 잠그지 않았다. 누군가 나타날 수도 있기 때문이다. 그는 도둑을 겁내지 않았다. 침엽수림 지대에는 기생충 같은 존재를 위한 자리는 없다.

모든 방문객 중에 파벨이 가장 충실한 사람이었다. 걸어서 5일, 보트로는 다섯 시간이 걸리는 페트로나 마을의 어부인 그는 이따금 '숲속 친구'를 찾아왔다. 피오트르는 연장이나 식량을 그에게 주문하곤 했다. 배달이 오기까지 두 달이 걸리기도 했다.

– 내가 언제 다시 올 수 있을지 모르겠어, 파벨은 말하곤 했다.

– 상관없어. 급하지 않으니까. 피오트르는 대답했다.

– 자넨 어떻게 버티는 거야?

– 처음 35년이 가장 힘들지. 그 후엔 익숙해져.

18일

화창한 날이었다. 태양이 산비탈을 비추었다. 피오트르는 수천 번째 일몰을 경건한 마음으로 지켜보았다. 세상의 아름다움을 지켜본 사람들에게만 천국이 허락된다면 그는 자기 자리도 있으리라고 확신했다. 그게 아니라면, 그는 지옥을 확신했다.

피오트르는 이중 창을 통해 화가의 시각을 보았다. 검은 전나무 숲은 오두막에서 100미터 떨어진 호수 속으로 사라졌다. 갈라진 숲 사잇길로 북쪽을 향해 달려가는 해변이, 모래판에 잡아먹혀 초승달 모양이 된 자갈 해변이 보였다. 쇠스랑 같은 산이 지평선을 지켜주었다.

여름에 관광객들은 작은 모터보트를 타고 호수를 한 바퀴 돌았다. 호숫가 500킬로를 도는 데 8일이 걸렸다. 그들이 피오트르의 만을, 숲속 빈터에 자리한 오두막을, 숲을 지키는 해변의 바위들을 발견하면 그곳에서 캠핑하고 싶어 했다. 피오트르는 그들을 맞아주었고, 아이들과 함께 놀았다. 그들에게 블루베리 따는 법도 가르쳐주었다. 다음 날, 아이들은 그의 곁을 떠나기 싫어 울었다. 노인은 개들과 어울릴 때만큼이나 빨리 아이들과 어울렸다.

3일 전 그는 큰사슴 한 마리를 쏘았다. 그 고기를 자르는 일로 아침 시간 일부를 보냈다. 점심때는 차를 마시러 집으로 돌아왔다. 그는 끓는 물의 김 너머로 호수를 바라보았다. 하늘과 물은 기울어진 거울의 양면 같았다. 하늘

노숙 인생

과 물은 수평선에서 하나로 모였는데, 능선들 때문에 하늘과 물은 만나지 못했다.

18일이라. 삶의 괄호가 이토록 쉽게 닫혀버릴 수 있을까? 그는 무엇을 해야 할까? 오두막을 태울까? 그곳으로 돌아가서 살까? 마을에 정착할까? 그가 타인들에게로 다시 복귀할 수 있을까?

그는 저녁에 장작을 가지러 가다가 곰을 보았다. 짐승은 호숫가를 배회하고 있었다. 개는 짖지 않았다. 피오트르는 욕설을 내뱉고 총을 가지러 달려갔다. 그가 무기를 들고 문을 나섰을 때는 곰이 이미 사라지고 없었다.

17일

그는 장작을 팼고, 덜렁거리는 지붕 널에 못을 박았고, 연장들의 날을 갈았고, 함순 책의 한 단락을 읽었고, 그물을 기웠고, 호수로 가서 물을 길었고, 가방 한 귀퉁이를 꿰맸으며, 지난 분기 신문지로 궐련을 하나 말았다. 40년 전부터 그의 삶은 이렇게 흘러왔다. 사는 데 필요한 행위의 연속이었다. 곧 그는 해방될 테고, 시베리아의 태양은 훨씬 경쾌한 빛으로 세상을 비추게 될 것이다.

오늘은 곰이 안 보인다. 그래도 그는 총을 멘 채 하루를 보냈다.

16일

기온이 다시 내려갔다. 목덜미가 검은 기러기들이 대형을 이루고 지나갔다. 10시쯤 첫눈이 떨어졌고, 정오에는 눈 위에 곰 발자국이 가득했다. 녀석은 동면할 굴을 찾고 있는 게 분명해. "이곳 거주자가 곧 여기서 나갈 것이라고 아마 느낀 모양이군." 피오트르가 숲 경계를 바라보며 말했다. 덫을 준비해야만 했다.

15일

온종일 오두막 안에 머물렀다. 밖에는… 얼음장 같은 바람이 불었다.

14일

밤에 악몽을 꾸었다. 그는 톰스크 교도소 감방 안에 있었다. 무광택 유리 천창으로 축축한 빛이 스며들었다. 거미 한 마리가 벽 모서리에서 살고 있었다. 문이 열렸고, 장

노숙 인생

교 한 명이 들어오더니 내뱉듯 말했다. "넌 40년 받았어."
감방문이 닫히던 순간에 피오트르는 잠에서 깼다.

그는 3년 전에 망가진 덫을 고치느라 하루를 보냈다. 그
해 가을, 그는 침엽수림지대로 며칠 동안 사냥을 떠났다.
오두막 근처에서 250킬로쯤 되는 곰 한 마리가 덫에 발이
걸렸는데 심하게 발버둥을 치는 바람에 덫의 용수철 하나
가 휘어졌고, 곰은 결국 기진맥진해서 죽었다. 피오트르는
덫을 치워버렸고, 그 뒤론 곰에게 총만 쏘았다.

그런데 이 동물은 개를 꾀었다. 체첸 사람처럼 배회하
고, 자꾸만 돌아오고, 모래 위에 찍혀 뒤얽힌 발자국을 보
니 녀석은 못된 공격을 꾸미고 있었다…. 결말을 며칠 앞
둔 피오트르는 무엇 하나도 우연에 맡겨둘 수 없었다.

13일

날씨가 풀렸다. 동이 틀 무렵 피오트르는 모래 비탈면
아래에 그물을 쳐두었다. 노를 저어 그곳에 도달하려면
반 시간이 걸렸다. 그래도 할 필요가 있는 일이었다. 그곳
엔 물고기가 없을 때가 없었기 때문이다. 이날은 위험한
날이었다. 숫자 13을 단 날이었으니까. 위험한 일은 아무

것도 하지 말아야 한다. 나무판 위에 앉은 채 그는 7월 일간 신문의 TV 프로그램 페이지로 담배에 불을 붙였다. 그는 벙어리장갑을 낀 채 선체의 찌부러진 알루미늄을 매만졌다. 총, 칼, 책, 망원경과 더불어 배는 친구 같은 사물이었다. 그것은 그를 위해 40년째 충실하게 봉사해왔다. 그는 배 안에서 편안했고, 배와 아주 잘 지냈다. 숲속 칩거는 그에게 세상에 대한 기이한 관점을 안겨주었다. 그는 무형의 힘으로 움직이는 사물을, 기호를 품은 원소들, 불가사의한 질서에 토대를 둔 물질적 세계, 태곳적 비밀을 품은 동물과 식물들을 믿었다. 그의 세계를 그린 악보에서는 사소한 사건―날아가는 새, 스쳐지나는 뱀, 파도의 리듬―도 비밀을 아는 영혼들을 향해 우주가 자연의 표면에 보내는 하나의 신호였다. 인간은, 심지어 저 충직한 파벨조차, 한낱 자동인형일 뿐이고, 욕망에 사로잡혀 얼이 빠지고 규범에 갇힌, 열정의 슬픈 노예들일 뿐이다. 턱뼈가 위축되지 않도록 이따금 기계와 대화해야만 했다. 일평생 그는 인간들보다 자기 배와 더 많은 얘기를 나누었다. 그는 오두막을 향해 노를 저었다. 저녁에 그물을 걷으러 돌아올 생각이었다.

노숙 인생

그는 숲속에 자리잡던 때를 떠올렸다. 1956년에 흐루쇼프는 모스크바에서 20차 전당대회를 열었고, 그는 톰스크에서 2천 킬로미터 떨어진 이곳에 왔다. 그는 오두막 사용권을 얻기 위해 수렵감독관을 상대로 벌인 긴 협상을 떠올렸다. 묻는 물음에 대해 지어낸 답변들, 보호구역 책임자 앞에 내민 가짜 서류들, 오두막을 복원하느라 보낸 몇 달, 그리고 필요한 물건들을 운반하느라 모터보트를 타고 돌아오던 일….

난로는 골골 소리를 내고 있었다. 그 위에서 물이 데워지고 있었다. 개는 옆에서 자고 있었다. 도끼는 장작 받침대에 꽂혀 있었다. 칼은 문틀 위에, 총은 문설주 위에 놓여 있었다. 피오트르는 침대에 누워 있었다. 그는 천장의 통나무를 응시하고 있었다. 바로 그때 어망이 차가운 물 속에서 출렁였고, 물고기들이 죽으러 그곳에 들어왔다. 물고기의 살은 그에게 계속 살아갈 에너지를 제공해줄 것이다. 모든 것이 조화로웠다. 오두막 속 삶은 우주의 축소판이다. 그러나 확장도 카오스도 경험하지 못할 우주다. 오직 질서만 아는 우주다.

피오트르는 일어나서 난로에 장작을 하나 던져 넣었다.

그는 매번 장작을 넣을 때마다 장작을 세심히 살폈다. 행여 곤충들을 함께 태우고 싶지 않은 것이다. 장작을 지옥에 던져넣기 전 툭툭 쳐서 나무좀들을 털어냈다. 밖에서 통나무를 자르다가 하늘소를 죽이거나 개미집을 우연히 밟게 되면 그는 거의 죽을 것만 같았다. 사슴을 죽이고 곰의 가죽을 벗기고 담비를 덫으로 잡는 일은 마음에 덜 걸렸다. 그러나 곤충은…, 살아 움직이는 그 작은 보석들은, 반짝이는 제복을 입고 레이스를 단 그 작은 보석들은 더없이 섬세했다. 이따금 그는 녀석들을 유리잔 아래 가두고 몇 시간이고 관찰하다가 아무런 해도 끼치지 않고 다시 풀어주곤 했다. 그러기 위해 그는 곤충들의 목숨을 아꼈다. 녀석들의 아름다움에 감사하면서.

피오트르는 40년 전 톰스크에서 한 남자를 죽였다.

12일

피오트르는 혼자 지내지 않으려고 개 한 마리를, 배고프지 않으려고 총 한 자루를, 춥지 않으려고 도끼 한 자루를 가졌다. 이날 그는 개를 쓰다듬었고, 총에 기름을 쳤으며, 도끼를 갈았다. 모든 야심 위로 숲의 커튼을 치면 삶은

노숙 인생

복잡하지 않다.

11일

한동안 그는 일기 쓰는 걸 망설였다. 그런데 그 긴 세월 동안 여기서 기록할 만한 무슨 일이 일어날까? 은둔자들이 작품을 쓰는 건 불이 심장을 집어삼켜서다. 피오트르는 내면에 어떤 불도 없었다. 그저 심장 하나가 뛰고 있음을 느낄 뿐이었다.

장교를 죽였을 때 그는 아무 느낌이 없었다. 그것은 동기 없는 범죄, 무동기 행위였다. 피오트르는 전쟁 동안 글라노프 중위의 지휘 아래 복무했다. 포메라니아 전선에서 스무 살을 맞았고, 1945년 3월에는 슈체친 만에서 폴란드군 편에 서서 싸웠다. 10년 뒤, 그는 그 중위를 우연히 대학가 근처 길에서 마주쳤다. 두 사람은 술 두 병을 사서 장교의 집에 갔고, 취했다. 자정에 피오트르는 가판대로 가서 세 번째 병을 사왔다. 세 번째 병은 앞선 두 병보다 더 빨리 비워졌다. 아파트는 지나치게 더웠다. 피오트르는 공기 중에 떠도는 말린 소시지 냄새를 참을 수 없었다. 중위는 얼마 전에 산 지굴리 차에 대해, 옴스크의 전기공학

대학에 입학한 두 딸에 대해, 텃밭 딸린 별장에 대해, 그리고 레닌그라드에서 보낸 휴가에 대해 말했다. 피오트르는 대답할 말이 아무것도 없었다. 전쟁이 끝난 뒤로 그는 어머니의 아파트에서 살고 있었고, 부엌이나 감방처럼 차가운 방에서 잤으며, 딱하게 여겨 채용해준 도로 건설 현장에서 연이어 3일을 버티기 힘들었기 때문이다. 중위는 자기만족의 목록을 자꾸만 늘어놓았다. 그의 아내는 세 번이나 침실에서 나와 남편에게 고래고래 소리쳤고, 피오트르에게 바닥을 치우라고 요구했다. 그녀는 금발이었고, 실내복을 입은 모습이 뚱뚱해 보였다. 피오트르는 술병을 쥐고 그녀의 얼굴을 향해 던졌다. 여자는 쓰러졌다. 중위는 피오트르의 턱 오른쪽을 쏘았다. 두 사람은 바닥에 나뒹굴었다. 피오트르는 칼을 꺼내어 곤들메기를 찌르듯 장교를 찔렀다. 물컹한 뱃속을 찔러 위에서 아래로 내려갔다가 세심하게 명치까지 다시 올라갔다. 그러고는 기절한 아내의 실내복에 강철 칼날을 닦았고, 술이 조금 남은 술병을 들고 거리로 나왔다.

10일

불면. 날짜가 다가오자 그는 신경이 곤두섰다. 닷새 후면 이곳을 떠나 5일 동안 걸을 것이고, 그러면 모든 게 끝나고, 모든 게 시작될 수 있을 것이다. 그는 라디오를 켰고, 모스크바 방송을 어렵게 잡아냈다. 캘커타에서는 폭염으로 2천 명이 사망했다. 특파원이 그 상황을 묘사했다. 잡음 때문에 겨우 들렸다. 피오트르는 침대에서 일어나 앉았다. 창문을 통해 호수 위의 달이 보였다. 추위, 침묵, 고독은 현대세계의 세 가지 사치품이다.

새벽에는 곰의 흔적이 눈 위에서 오두막 문턱까지 이어져 있었다. 짐승은 낮에는 나타나지 않았다. 해질 무렵, 피오트르는 덫을 강가 삼나무 밑에 설치했다. 사슴의 내장을 미끼로 끼워두었다.

9일

자작나무는 나뭇잎을 떨구고 있었다. 몇 그루는 이미 벌거벗었다. 멀리서 보면 얽혀서 반짝이는 가지들이 보랏빛 레이스처럼 보였다. 피오트르는 오두막에서 나가지 않았다. 바깥엔 폭풍이 몰아쳤다. 돌풍이 눈을 뭉치째 휩쓸어갔다. 추위는 바람에 제 머리칼을 풀어헤쳤다. 이날 밤, 피오트르는 문을 긁는 소리를 들은 것 같았다.

8일

전날 저녁 그물 수확은 좋았다. 살진 곤들메기가 가득 잡혔다. 그는 그물을 비우고 생선을 소금에 절였다. 남은 날 동안 먹기에 충분했다. 출발일까지, 그리고 5일 동안 걸을 때까지도 충분했다. 떠나야 하는 날 모터보트 한 대가 지나가면 기적이 될 것이다. 그러나 그는 요행을 믿지 않았다. 이상할 정도로 요행이라곤 없는 삶을 막 거쳐왔으니까.

그의 행운은 오두막을 발견한 것이었다. 살인 이후 그는 마음 가는 대로 따라갔다. 조차장으로 갔고, 아무르 강변의 어느 산업도시까지 구리 케이블을 싣고 가는 기차에 올랐다. 구리는 추위를 잘 차단하지 못한다. 여행은 48시간 동안 이어졌다. 그는 한쪽 구석에 이미 웅크리고 있던 불운의 동행과 얘기를 나누며 약간의 온기를 찾았다. 그 남자는 몇 년째 씻지 않고 떠돌며 무임승차를 하고 남몰래 기도하며 온 나라를 누비고 다니는 광신도 러시아인이었다. 이틀 뒤, 도주 중인 살인자는 한밤중에 기차가 기술 문제로 정차한 호숫가 어느 역에 내렸다. 그는 자신이 저지른 범죄와 2천 킬로미터 떨어졌으니 충분하다고 판단했다. 그는 잠든 순례자를 깨우고 싶지 않았다. 그의 신분증을 훔치는 것이 우선이었기 때문이다. 그 가련한 남자의 이름은 피오트르였다. 살인자는 그의 신분을 빌렸다.

그는 산림보호구역에서 산지기 일자리를 찾았다. 사람들은 그에게 많은 질문을 던지지 않았다. 사람이 사는 곳에서 도보로 5일 거리에 있는 이 오두막을 관리할 자원봉사자 자리를 찾은 건 행운이었다. 피오트르는 그곳에 자리 잡고 텅 빈 지평선의 아름다움을 바라보았다. 20년 뒤, 모스크바의 긴축 정책[16]으로 러시아 영토의 많은 보호구역이 방치될 처지에 놓였다. 피오트르는 선장 잃은 돛처럼 호숫가에 좌초한 채 잊혔다.

7일

온도계는 -20도를 가리켰고, 대기는 맑았다. 50킬로미

---

16) 1970년대 초부터 소비에트 연방은 경기침체를 겪는다.

터 떨어진 반대편 호숫가가 또렷이 보였다. 숲의 오솔길들은 자갈 비탈을 내려와 모래사장까지 이어졌다. 호수는 밤새 평온하지 못했다. 파랑이 자갈 해변선을 마구 휘저어놓았다. 모래사장에 새로운 발자국은 없었다. 어쩌면 곰은 이곳을 떠났는지 모른다. "7일", 피오트르가 말했다. 그는 열을 가라앉히려고 장과주를 한 잔 따랐다. 독한 술이 식도를 훑고 내려가며 뱃속에 기름진 열기를 퍼뜨렸다. 그는 창문 앞에서 두 번째 잔을 들었다. "호수를 위해!"

그는 한밤중에 잠에서 깼다. 식탁에서 잠이 든 것이다. 술병은 비어 있었다. 누더기 돛을 단 세대박이 유령선 하나가 호수 위를 떠다니는 것 같았다. 달이 잘게 찢긴 구름을 비추고 있었다.

6일

잠에서 깨면서 본 건 동트는 빛 속으로 날아오르는 큰 오리들의 비상이었다. 오리 비행대대는 남쪽을 향해 날아갔다. 저들은 자신들이 얼마나 찬란한지 알기나 할까? "내일 새벽이면Demain, dès l'aube"[17], 그는 빅토르 위고를 알았다. 학교에서 배운 적이 있었다. 소련의 학교들에서는 "위대한 사회주의자 프랑스 시인"이라며 숭배했다. 다음날이 출발일이다. 그는 가방을 꾸렸다. 절인 생선 5일치, 탄약, 쌍안경, 성냥. 그는 호수를 오른편에 두고 남쪽을 향해 걸을 것이다. 동물들의 통행으로 만들어진, 물가에서 살짝 비껴가는 언덕 오솔길을 따라갈 것이다. 이끼와 부식토가 깔린 양탄자가 걸음을 폭신하게 해줄 것이다.

　그는 자신이 마을에 도착하는 순간을 상상했다. 그날은 파벨의 집에서 밤을 보낼 것이다. 4년 동안 피오트르는 그의 집을 단 두 번 방문했다. 다음날엔 경찰서로 가서 형사를 만나게 해달라고 청할 것이다.

　경찰서장은 그에게 말할 것이다.

　– 피오트르? 자네 그 구덩이에서 나온 건가?

　그러면 그는 40년째 머릿속에서 다듬어온 문장으로 대답할 것이다. 그의 신분을 돌려주고, 인간들의 법정 앞에서 그의 범죄를 청산해주고 그의 권리를 바로잡아줄 문장을.

　– 형사님, 내 이름은 피오트르가 아닙니다. 나는 이반 바실리에비치 골로비노프이고, 1956년 톰스크에서 글라

---

17)　빅토르 위고의 시 제목이자 첫 구절.

노프 대위를 살해한 죄인입니다. 40년이 지난 지금 저는 제 잘못에 대한 용서를 빌고, 러시아 법의 처분에 맞게 시효만료를 청합니다. 제 퇴역군인 연금도 소급해서 지불받기를 원합니다.

러시아 사회는 40년이 지나면 범죄를 말소해 주었다. 길지만, 정교회 체제하의 범죄 사면보다는 훨씬 채산이 맞았다.

5일

태양이 동쪽 산맥 너머에서 첫 햇살을 쏘았다. 피오트르는 이미 남쪽을 향해 걷고 있었다. 개는 그보다 30미터 앞에서 늙은 그루터기를 파헤치기도 하며 이리저리 뛰었다.

4일

불가에서 보낸 밤이 좋았다. 호숫가를 따라가는 낮은 길었다. 불가에서 보내는 밤은 좋을 것이다.

3일

사냥 수확물에는 수사슴 두 마리, 큰 오리 한 마리, 무스 한 마리, 다람쥐가 적어도 세 마리 있었다. 3일 후면 그는 다시 다른 인간들 사이에서 한 인간이 되는 권리를 누리게 될 것이다.

2일

키 작은 삼나무들이 장애물이었다. 가지들이 길을 막아서, 동물들이 지나다녀 만들어진 터널 속으로 기어가야만 했다. 그는 장애물을 피하려고 물가로 갔다. 동글동글한 자갈을 밟으며 걷느라 발목이 아팠고, 내딛는 한 걸음 한 걸음이 승리였다. 그는 다시 나무에 막힌 길로 돌아갔다. 숲과 자갈길 사이에서 망설이며 하루를 보냈다. 어떤 이들에게는, 행복이 다른 곳에 있다고 확신하면서, 삶이 그렇게 흘러간다. 적어도 그는 그런 암초를 피했다. 은둔생활은 그에게 불만에 대한 예방주사를 놓아주었다.

1일

살을 에는 밤이었다. 기온은 -25도 아래로 떨어졌다. 아침에는 두 시간을 걸어야 피가 다시 제대로 돌았다. 오후 3시가 되자 숲에서 마을의 연기가 보였다. 나흘 반이 걸렸으니 빨리 온 것이다. 오솔길이 길로 변하더니 다시 트랙으로, 그리고 아스팔트 깔린 도로로 변했다. 도로는 강과 같은 운명을 산다. 점차 부풀어 자기보다 큰 것 속으로 흡수되니 말이다. 그는 멈춰서서 삼나무에 기대어 앉았다. 40년의 은둔과 100킬로미터의 행군이 그를 도시의 문으로 이끌었다. 새 삶의 문턱으로.

*

절차는 그가 상상한 것보다 오래 걸렸다. 서류는 모스크바의 미궁 속에서도 길을 잃었다. 형사는 피오트르를 아주 좋아했고, 이반도 좋아했다. 그는 이 사건을 맡아 사태의 진행에 대해 문의했고, 전화로 묻는 그에게 "진행중인 사건"이라고 네 번이나 대답한 모스크바의 담당자에게 욕설을 퍼부었다.

이 소식은 마을에 큰 반향을 일으켰다. 그것은 상반된 반응을 낳았다. 피오트르를 아는 두세 명은 '숲속 영감'에게 등을 돌렸다. 일부 사람들의 마음속 깊은 곳에서 잠들어 있던 판관들이 깨어나는 데는 큰 계기가 필요 없었다.

피오트르는 행정기관이 사람들보다 시효만료를 훨씬 쉽게 허락한다는 걸 알게 되었다. 그는 모욕을 당했고, 주먹질을 만났다. 어느 날 아침, 그는 한 무리의 어부들과 마주쳤는데, "살인자!"라는 말이 그의 등 뒤에서 두세 번 터져 나왔다. 그러나 주민 대부분은 40년의 고독이 죄를 씻어냈고, 한 인간의 과거는 중요치 않다고 여겼다.

파벨은 충직한 사람 중 한 명이었다. 진정한 우정은 옛날이야기 따위를 아랑곳하지 않는다. 피오트르는 자신의 권리를 되찾기를 기다리며 파벨의 집에서 지냈다.

어느 날 아침, 서류가 도착했다. 형사가 파벨의 집 문을 두드렸다. 그는 윗도리에서 잔 세 개를 꺼냈고, 신문으로 둘둘 말아온 반 리터짜리 술병도 꺼내 한 잔씩 따랐다. 그리고 늙은 사냥꾼에게 봉투를 건네면서 자기 보드카 잔을 들었다.

– 자네 민사 사면 서류야. 행정부의 치하까지 곁들어졌어. 하늘의 사면에 대해서는 정부도 자네를 위해 아무것도 해줄 수가 없어. 그리고 미지급 연금을 받으려면 한 달 뒤에 다시 와야 해. 앞으로는 매년 이 마을에서 지급할 거야.

그들은 술을 마셨다.

이제 피오트르는 이반이라 불렸고, 공식적으로 톰스크 출생으로 인정되었으며, 1941~1945년 세계대전의 참전군인으로 인정받았다. 슈체친만 전투에 참여한 데 대한 표창도 더해졌다.

파벨은 친구가 마을에 정착하도록 독려했다. 친구를 위해 작은 정원이 딸린 집을 찾아줄 생각이다. 고독한 노인은 낚시를 도와줄 테고, 그렇게 친구들에 둘러싸여 여생을 보낼 수 있을 것이다. 함께 나누는 차의 맛과 요란한 건배의 맛도 되찾게 될 것이다. 그가 원한다면 옛날처럼 오두막에 가서 며칠 동안 머물 수도 있을 것이다.

시급한 건 파벨이 말한 것처럼 "과거를 말소하는" 일이었다. 그는 오두막에서 물자를 챙겨 마을로 가져와야 했다.

그들이 보트를 타고 떠나던 날 아침, 먹구름이 하늘에 드리웠다. 농무가 올라와 모래사장을 뒤덮었고, 소나무 꼭대기를 휘감았다. 철새들이 부채 모양으로 날아올랐다. 새들의 항적은 거인의 손바닥 같은 흔적을 호수 수면에 남겼다. 피오트르-이반은 부르릉거리는 소리에 마비된 채 해안가의 소나무들이 지나가는 걸 바라보았다. 그는 40년을 소나무들만큼이나 익명으로 살았다.

보트를 타고 5시간이 지나자 오두막이 나왔다. 까마귀 한 마리가 날아올랐다. 피오트르-이반은 까마귀가 북쪽을 향해 날아가는 걸 눈으로 좇았다.

– 내 기억들이 멀리 떠나가는 것 같아. 그가 말했다.

– 벌써 향수에 젖는 건가? 파벨이 말했다.

파벨이 보트를 묶는 동안 피오트르-이반은 오두막을 향해 무거운 걸음을 옮겼다.

곰이 그를 덮치기 전에 그가 깨달을 수 있었던 건 곰이 다리를 절었다는 사실뿐이었다. 곰은 앞발로 그의 머리를 내리친 뒤 잡목림 속으로 사라졌다. 파벨이 총을 쥘 새도 없었다. 하늘에서 까마귀들이 까악까악 울었다. 훼방 받아서 우는 울음이었다. 새들은 곰의 발을 나눠 먹던 중이었다. 강철 덫에 발이 걸린 곰이 덫에서 빠져나가려고 제 발을 물어뜯은 것이다. 이 짐승은 인간이 돌아오길 며칠 동안 기다렸다.

이날 저녁 파벨은 친구의 시신을 마을로 가져갔다.

숲에는 정의가 있다.

그러나 그것이 인간의 정의인 경우는 드물다.

그 여자

구찌 가의 뮤즈인 제니가 범선에서 바다로 떨어졌을 때 그녀는 자신에게 일어난 일이 현실이 아니며 곧 악몽에서 깨어나리라고 느꼈다. 그래서 시간이 거슬러 올라가리라 상상했고, 몇 초가 흘렀기에 마땅히 자신이 다리 위로 다시 끌어 올려질 테고, 삶이 제 흐름을 되찾으리라고 믿었는데, 짠물이 콧속으로 들어오자 그녀는 사실을 받아들이지 않을 수 없었다. 자신이 갑판 난간을 넘어갔다는 사실을.

배는 후방 4분의3 방향에서 부는 바람에 밀려 8노트로 달리고 있었다.

일주일 내내 고요했는데, 아침에 바람이 일었고, 그러

노숙 인생

자 에릭은 스피니커 돛을 가져오라고 명령했다. 멀리서 보면 펼쳐진 돛은 에게해의 하늘에 난 붉은 상처처럼 보였다. 그리스 빛은 무엇도 애매한 색조로 남겨두지 않았다. 제니는 돛이 그런 수면 위에 펼쳐지리라고는 상상하지 못했다. 갑판에서 바다를 바라보면 그 크기를 가늠하기가 어렵다.

그녀는 소리쳤다. 그러나 배는 이미 멀어졌고, 돌풍에 밧줄들이 부딪쳤고 돛이 펄럭였다. 파도가 선체를 후려쳤다.

오후가 되면 으레 그랬듯이 그레타와 존은 뒤쪽 선실에 내려가 있었다. 배가 지닌 강렬한 관능적 힘을 발견한 뒤로 그들은 내내 붙어 지냈다. 알브레히트는 앞쪽 갑판에 누워 잡지 〈옵티멈Optimum〉을 얼굴에 덮은 채 술을 해독하고 있었다. 에릭은 키를 잡고 있었다. 그는 자꾸 빠지는 이물 삼각돛을 바로잡는 데 강박적으로 사로잡혀 제니가 뱃머리에서 몸을 기울였으리라고는 생각조차 하지 못했다.

그녀가 술을 마시지 않았더라면 떨어지지도 않았을 것이다. 그녀는 에릭이 원망스러워 술을 마셨다. 시시하고 불쾌한 이 작자는 그녀를 버려둔 채 그저 날씨에만 관심을 두었다. 제니는 기압계 바늘이 자신의 멋진 가슴과 경쟁할 수 있으리라고는 한 번도 생각지 못했다. 이렇게 시시한 감정을 느끼게 될 줄 알았더라면 절대로 배에 타지 않았을 것이다. 시간을 보내게 해줄 진이 남아 있었다. 그런데 진은 사람을 비틀거리게 하고, 배 위에서는 더더욱 그렇다. 진은 몹시 나쁜 술이어서 위가 가능한 한 빨리 핏속으로 내보낸다. 배에는 절대로 진을 싣지 말아야 할 것이다. 진이 제니를 비틀거리게 했다.

그녀는 외치기를 멈췄다. 아무 소용 없다는 걸 깨달아서가 아니라 울음이 쏟아졌기 때문이다. 그녀에겐 놀라운 자기연민 능력이 있었다. 이제 스물한 살인데 막 바다에 떨어졌고, 세계적인 모델로서 살아온 그녀는 이런 상황에 전혀 준비되어 있지 않았다. 그녀는 이번 달 〈보그〉 표지에서 구찌 힐의 굽을 핥았던 근육질의 혀로 자기 입술을 훑었다.

얼마나 지나야 그녀가 요트에 없다는 사실을 다른 사람들이 알아차릴까? 그들이 걱정하기까지 몇 시간이 흐를지도 몰랐다. 육지에서나 배에서나 사람들은 이웃에게 관심이 없었다. "친구끼리 드라이브"나 하자며 나선 길이었다.

노숙 인생

에릭이 친구들을 자기 배로 초대하려고 전화를 걸어 음탕한 목소리로 한 말이 그랬다. 함께 지내보니 그들이 친구가 아님이 드러났다. 첫날부터 저마다 제 쾌락을 채우는 일에 빠져있었다. 알브레히트는 홀로 취했고, 존은 그레타의 엉덩이만 생각했고, 에릭은 배만 생각했으며, 그녀는 돌아갈 생각만 했다. 프로듀서와 사진작가들로 구성된 이 역겨운 집단을 4년씩이나 견디고 있다니. 이 모든 것이 그저 에게해 한가운데에서 빨간 비키니(구찌)를 입기 위해서였다.

벨라루스 국기를 단 화물선 '히스파니아Hispania' 호는 몰타 난바다에서 짧지만 격렬한 폭풍을 만났다. 도끼질 같은 지중해의 바람이었다. 돌풍은 섬 꼭대기에서 내리꽂혔다. 그렇게 물을 흩뿌리더니 이내 정적이 찾아왔다. 그런데 컨테이너를 묶고 있던 가죽띠 중 하나가 이미 인도양의 너울을 혹독하게 겪은 터에 툭 끊어져 버려 앞쪽 갑판 너머로 컨테이너를 내동댕이쳤다. 거대한 금속 덩어리가 폭발 소리를 내며 선체 위로 다시 튀어올랐다. 선장 조아킴 데 사모레이라는 중얼거렸다. "젠장 빌어먹을 젠장 빌어먹을puta di puta di mierda di puta", 그러나 아무 명령도 내리지 않았다. 화물선에서는 절대 화물을 회수하지 않는다. 보험회사가 보상해주기 때문이다. 매번 운항 때마다 화물 중 일부가 물에 떨어졌다. 이따금 충격으로 철판이 열려 내용물이 해변으로 떠내려오기도 했다. 그러면 해안가 사람들에게는 축제가 벌어졌다. 어떤 해에는 크리스마스 직전에 만오천 개의 곰인형이 로포텐 해안가로 떠내려왔다. 크리스마스 트리 밑에서 모두 똑같은 선물을 열게 된 아이들만 즐겁지 않았다. 또 한 번은, 수천 벌의 나이키 신발이 캘리포니아 아래쪽 해안에 떠내려왔고, 한 달 내내 그 지역 신문에는 "오른쪽 44 사이즈를 왼쪽 37 사이즈와 교환해요", 같은 알림이 실렸다.

컨테이너는 해지기 직전에 제니가 헤엄쳐서 닿을 지점에 이르렀다. 그녀는 오후 3시부터 물속에 있었기에 이가 덜덜 떨리기 시작했다. 그녀가 올라앉은 철판은 수면에서 몇십 센티미터 정도 올라와 있었다. 아직 고리에 붙어 있는 가죽끈 조각이 물속으로 늘어져 있었다. 제니는 끈으로 자기 허리를 묶었다. 그리고 달콤한 밤에 잠이 들었다.

다음날 정오에 작은 범선 '에페메리스' 호의 선장은 망원경으로 수평선을 훑다가 평생 본 여자들 가운데 가장

노숙 인생

아름다운 여자가 헝클어진 머리에 옷을 반쯤 벗은 채 미동도 없이 물 위 몇십 센티미터 위에 떠 있는 것을 보았다. 그는 컨테이너에 배를 붙이며 낙소스의 어떤 어부도 자기 말을 믿지 않을 거라고 혼잣말을 했다. 여자를 배에 태우기 직전 그는 가다랑어를 사진 찍을 때 쓰던 작은 카메라로 사진을 한 장 찍었다.

제니는 생선 비린내를 풍기는 그물 더미 위에서 깨어났다. 선장은 그녀에게 미소를 지었고, 그녀의 아름다움에 조금은 놀라서 '월척!'이라는 생각은 하지 못했다. 그는 빨간 금속 컵에 담은 커피 한 잔과 기름에 절인 청어를 여자에게 주었다. 제니가 기름에 절인 청어를 먹은 건 처음이었다. 그녀가 접시를 비운 것도 처음이었다. 심지어 그녀가 더없이 육감적인 혀로 접시를 핥기까지 해서 그리스인은 방향키를 잡는 데 집중해야만 했다. 잠시 후 그는 자신이 이 바다에서 잡은 온갖 종류의 물고기를 열거했다. "놀래기, 흑대구, 대구, 다랑어, 쏨뱅이", 하지만 그건 이미 런던과 모스크바에서 더없이 유명한 가수들이며 은행가들과 154번의 성적 모험을 가져본 제니 같은 여자를 압도하게 할 그런 대화는 아니었다. 그녀는 낙소스 항구에 도착할 때까지 다시 잠들었고, 작은 배는 저녁 무렵 부두에 닿았다. 그녀가 요트에서 떨어진 지 30시간이 지났다. 시장과 항무장이 그녀를 맞아주었다. 그녀의 실종에 대한 신고는 전날 저녁에 들어왔다. 구조대원 네 명을 지원하기 위해 헬리콥터 한 대가 파견되었다. 요트에 탔던 친구들은 해안경비대와 함께 수색에 가담했다. 지역신문(《르쿠리에 드 스킬라》)의 사진작가는 제니의 눈부신 미모에 매료되어 그녀를 화물선 뱃머리에서, 그녀가 잠을 잤던 그물 위에서, 그리고 그녀를 구해준 선장과 함께, 그리고 집요하게 요구하던 항무장과 함께 사진 찍느라 필름을 일곱 통이나 썼다. 제니는 몽롱한 상태에서 피곤하기도 하고 후추를 친 스테이크도 먹고 싶었지만 기꺼이 촬영에 응했다. 그들은 참으로 친절했다. 다음날, 생선 그물 위에 누운 제니의 사진은 "월척"이라는 제목을 달고 신문 1면을 장식했다.

그리스 지역신문의 편집장은 어선 선장들보다 훨씬 교양 없는 종족이다.

제니의 미모 때문에 사건은 그리스에서 큰 파장을 일으켰다. 신문마다 사진을 원했다. 그들은 이런 제목을 달았

노숙 인생

다. "에게해에서 기적적으로 구조된 여인", "키클라데스 제도의 세이렌", "나우시카의 구조". 몇몇 평론가들은 이 사건을 계기로 선박 등록국의 깃발을 단 배로 컨테이너들을 바다에 뿌리고 다니는 화물선 운송업자들에 대한 정부의 호의적 태도를 고발했다.

어선의 선장은 자기 필름을 인화하고서 깜짝 놀랐다. 컨테이너 위에서 잠든 제니의 사진은 눈부셨다. 그 장면은 신화적인 빛에 젖어 있었고, 바다는 캄캄했으며, 제니는 어린아이 같으면서도 관능적인 자세로 버려진 채 잠들어 있었다. 오른쪽 다리는 접혀 있었고, 한쪽 가슴은 드러났으며, 황금빛 왕관을 두른 머리카락, 타원형 얼굴은 팔꿈치 안쪽을 베고 있었다…. 화려한 인간 동물의 모습을 취한 젊은 그리스 여신 같았다. 그는 사진을 〈보그〉에 보냈다.

그 사진은 다음 달 잡지의 표지에 실렸다. 선장은 1만 유로를 받았다. 그것은 수요일의 경매장에서 대구 3톤을 판매한 수익금(킬로당 3.20유로)과 맞먹었다. 구찌의 언론담당 부장은 그 사진의 컨테이너에 찍힌 등록번호를 돋보기로 읽어냈다. 그렇지 않아도 지난달에 구찌 가방이 배송

되지 않았다는 신고가 있었다. 여기저기 알아보았다. 문제의 컨테이너가 맞았다. 비너스는 자기 회사 소속의 컨테이너 덕에 구조된 것이다! 구찌의 홍보 부서에는 이 사건이 기적처럼 보였다. 이 사진은 4년 동안 브랜드의 포스터로 쓰였다. 그것은 파리에서 요하네스버그까지, 암스테르담에서 싱가포르까지 널리 퍼졌다. 선장은 낙소스의 고지대에 자리한 빌라 한 채와 새 배를 샀고, 매년 제니에게 그를 보러 들르라고 편지를 보냈다.

젊은 여자는 그 초대에 한 번도 응하지 않았다. 추락 후 다섯 시간이 지났건만 그녀는 여전히 물속에 있었기 때문이다. 에릭의 요트는 수평선에서 사라졌다. 해는 지고 있었다. 제니는 막 바닷물을 마신 참이었다. 몇 초 동안 잠들었기 때문이다. 그 몇 초는 이 꿈을 꾸기에 충분했다. 이제 그녀는 추위에 완전히 마비된 채 몸에서 힘이 빠져가는 걸 느끼고 있었다.

난파

　　나는 이 세상이라는 험난한 바다에 난파당해,
　　내 삶의 희망이 바닷속 깊이 가라앉는 것을
　　눈 뜨고 지켜볼 수밖에 없었네.
　　　　　　　　　　　　　　　　　－ 실러, 《도적떼》

　　기원전 300년 직전, 기병과 보병으로 구성된 3십만 명 종대의 선두는 골 족 우두머리인 브레누스의 지휘 아래 다뉴브강 좌안을 떠나 남쪽으로 향했다.

　　둘째 날 저녁, 곧 일어날 싸움을 예고하는 붉은 하늘에서 살과 강철로 된 뱀이 각 소대가 출발할 때마다 똬리를 풀고 꼬리를 흔들었다. 켈트족과 골 족의 언어로, 보레 지역, 라인강 지류들과 흑해 연안에 자리한 지역의 언어들로 명령들이 소란스럽게 터져 나왔다. 순종 푼틀란드 말을 탄 이베리아 기병들이 로마 보병만큼이나 규율 잡힌 리구리아 용병들과 나란히 걸었다. 구릿빛 몸의 일리리아 창기병들은 벌꿀술 냄새를 풀풀 풍기지만 짧은 검만은 능숙하게 다루는 골 족 병사들을 지휘했다. 금발 턱수염을 휘날리는 발론 병사들은 롬바르디의 칼 가는 장인들이 장비 속에 넣어 다니던 아펜니노 산맥의 석회질 숫돌에 단도 날을 갈았다. 이보다 더 이질적인 군대는 누구도 본 적이 없었다. 오직 목표만 단일했다. 정복하고 약탈하는 것.

브레누스는 어떤 것에도 얽매이지 않는 사람들을 끌어모았다. 그는 부족들을 찾아가서 족장들에게 장광설을 늘어놓았다. 성대한 약탈을 약속했다. 그 야만족들은 브레누스가 그들의 탐욕을 위해 제안한 나라의 이름을 듣고 흥분해서 전율했다. 그리스! 외쿠메네[18]의 왕국들 가운데 가장 오래되고 가장 부유한 나라, 흰 절벽이 에게해의 파랑으로부터 보호해주는 나라. 브레누스의 그리스 노예들이 군인들 앞에 전시되어 있었다. 채찍에 굴복한 그 가련한 자들은 어떤 종류의 보물이 펠로폰네소스 반도의 햇볕을 쬐고 있는지 묘사했다. 미네르바 신전의 호화로움도 그려 보였다. 탐욕이 상스러운 자들의 눈에 불을 켰다. 브레누스의 늑대 부대는 그렇게 팽창했다.

---

18) 지구상에서 인간이 거주할 수 있는 지역.

트라키아에서 들리는 말로는, 군대가 일으킨 먼지구름이 한나절이나 공중에 떠 있다 가라앉았다고 한다. 군대는 마케도니아를, 그리고 테살리아를 가로질렀고, 중앙 그리스를 향해 나아갔다. 지나는 발걸음으로 땅을 일궜고, 피를 흡수한 재의 층을 남겼다. 마케도니아의 알렉산드로스는 제 민족의 군대를 동양의 맹화 속에 태워버렸다. 그리스의 어떤 도시, 어떤 시민도 공격을 저지할 만한 힘이 없었다.

튜튼 숲 너머 겔프당[19] 지역 출신인 쌍둥이 형제 할라드와 바타나트가 브레누스의 근위대를 통솔했다. 그들은 검은 종마를 탔고, 쉬는 법이 없었다. 종대 옆을 배회했고, 해가 지면 모닥불 주변에 진을 친 방진 속으로 불쑥 나타났으며, 그림자처럼 조용히 움직였다. 브레누스의 병사 누구라도 그들의 형체가 보이면 부들부들 떨었다. 쌍둥이는 생명에 한 줌 모래 이상의 가치를 부여하지 않았고, 즉각 숙이지 않는 머리만 보면 베었다. 전투에서는 언제나 제일선에 나섰고, 크게 팔을 휘둘러 목을 자른 적의 피로 그

---

19) 중세 말기에 교황과 신성로마제국 황제와의 대립에서 교황을 지지하던 당파.

들이 탄 말의 옆구리에 거품이 빨갛게 물들 때까지 입가에 슬픈 미소를 띤 채 무심히 싸웠다. 그들은 말을 하지 않았고, 본능으로 서로를 이해했다. 군대의 병사들은 그들을 켄타우로스라는 별명으로 불렀다.

델포이에서 브레누스는 테르모필레 출신 병사 둘이 든 은빛 방패 위에 서서 능선 위의 아폴론 사원이 수십 년째 그리스 시민들의 봉헌을 받아왔다고 설명했다. 그 풍요의 뿔은 그의 보병들의 욕구에 열려 있으며, 그들의 고된 행군에 보답이 되어줄 것이다. 델포이 사람들은 가게를 봉쇄하지 말고 야만족들이 지하실을 약탈하도록 내버려 두라고 명령한 여사제 덕에 학살을 면했다. 골 족 병사들은 파르나스 산 포도주에 얼이 빠져 보통 때보다 덜 잔혹했다. 그들은 두 켄타우로스의 지휘 아래 아폴론 신전을 비웠다. 하루가 끝날 무렵 델포이의 보물은 하나도 남아 있지 않았다. 전리품을 브레누스의 수레에 다 싣고 나자 강철 구름이 파르나스 산을 뒤덮더니 도시에 폭우가 쏟아졌다. 번개가 지그재그를 그리는 가운데 어떤 이들은 아폴론의 개입을, 또 다른 이들은 벨레노스의 분노를 운운했다. 골 족 부대는 공포에 사로잡혔다. 브레누스는 패주 위

노숙 인생

험을 지지 않으려고 퇴각을 명했다. 하늘의 도움으로 되살아난 델포이 시민들은 군대의 후방 종대들을 집요하게 괴롭혔다. 브레누스의 병사 6천 명이 쓰러졌다. 남은 군대는 죽은 병사들을 돌보지 않았다. 약탈한 금이 옆에 있는데, 산더미처럼 쌓인 육신이 뭐가 중요했겠는가?

저주의 하늘 아래 퇴각이 이어졌다. 그리스군은 대열을 정비했다. 늑대 부대 쪽의 운명이 바뀌었다. 복수에 굶주린 그리스의 자원병 무리―시골 사람들과 도시 사람들―는 외적들의 측면을 집요하게 공격했다. 매일 구름은 새로운 폭풍을 몰고 왔다. 추위와 허기가 힘을 갉아 먹었다. 샌들 신고 눈밭을 느릿느릿 나아가는 거지꼴의 군대가 황제의 보물을 차지할 수 있었으리라고 누가 믿었겠는가! 병사들은 기진맥진해서 쓰러졌다. 누구도 그들을 다시 일으켜 세우지 않았다. 길에 버려진 병사가 최종 생존자보다 많았다. 오직 분배할 생각과 튜튼족 쌍둥이의 채찍질로 규율이 지켜졌다. 델포이에서 목을 다친 골 족 부대 우두머리는 국경에 이르기 전에 죽었다. 산 송장이 된 사람들은 마케도니아를 떠났다. 두 켄타우로스는 부대가 안전하다고 판단될 때만 휴식을 명령했다. 그들은 불을 피우고, 사냥감을 사냥했다. 붉은 사슴을 굽는 화덕 불빛으로 대장들은 병사들을 헤아렸고, 아침에 수레를 풀고 델포이 금을 배분했다. 튜튼족 두 켄타우로스 덕에 분배는 살육으로 변하지 않았다.

쌍둥이는 그들 몫을 나무상자에 담아 번갈아 가며 안장의 아치에 단단히 묶고 떠났다. 뿔뿔이 흩어진 병사들과 달리 그들은 북쪽이 아니라 왔던 길을 거슬러 마케도니아로 돌아갔는데, 달빛 아래 자갈 깔린 잡목숲을 달렸고, 마을을 우회해서 파나스 해안 쪽으로 향했으며, 3일 만에 그곳에 이르렀다. 어두워지자 그들은 작은 어촌의 골목길로 질주했다. 부두에 정박해 있던 어느 상선의 주인은 닻줄을 채 풀기도 전에 목이 잘렸다. 그 머리통은 그물을 수선하던 자들의 발밑까지 굴러갔다. 겔프당 악마들은 포석을 발로 걷어차는 그들의 말을 남겨둔 채 배에 올라탔고, 항아리들을 싣던 두 누비아 노예를 갑판 너머로 집어 던졌다. 그리고 돛을 올렸고, 배는 부두를 떠났다. 말들은 주인들과 떨어져 명령을 잃고 육지에서 거품을 내뿜었다. 두 형제는 강풍을 타고 난바다로 나갔다.

그들은 외딴 섬에 칩거할 작정이었다. 그리스에서 시작

노숙 인생

된 격동이 지나가기를 기다려야 했다. 훗날 그들은 다시 바다로 나서서 헤라클레스의 기둥을 지나 이베리아반도를 우회하고 골 해안에 이르렀다가 참나무 숲을 거쳐 발트해 연안으로 다시 돌아갈 것이다. 긴 여정이지만 고인이 된 브레누스의 맹수들, 흩어진 군대의 유령들, 늑대의 법에 굴복한 개들이 우글거릴 판노니아[20]를 가로질러야 할 불안한 귀환보다는 훨씬 신중했다.

향해 이틀째, 하늘은 쪽빛이었다. 기이한 구름이 할라드와 바타나트 앞쪽으로 몰려들었다. 평생 처음 그들 사이에 불화가 끼어들었다. 그것은 은밀히 생겨났다. 아침에 가벼웠던 산들바람이 해가 뜨거워지는 시간이 되면 격렬한 북풍으로 변하듯이. 두 형제는 평소보다 말을 많이 했는데, 이 징후는 운명이 바뀌었음을 보여주었다. 궤짝에든 금이 그들의 화합을 흔들어놓았다. 누런 황금빛이 쌍둥이의 마법적 관계에 작용하면서 같은 피가 흐르는 두심장의 메아리 같던 박동이 조금씩 어긋나기 시작했다.

---

20) 로마제국의 속주 가운데 하나로, 오늘의 헝가리·오스트리아·크로아티아·세르비아·슬로베니아·보스니아·헤르체고비나를 아우르는 지역.

궤짝은 외갑판 위 돛대 밑에 동여매어 있었다. 형제들은 서로를 감시하느라 잠을 잊었다. 할라드는 자기 보초 시간이 되기도 전에 일어났다. 바타나트는 바스락 소리만 나도 벌떡 일어났다. 바타나트가 수평선을 살피기만 하면 할라드는 그가 궤짝을 응시한다고 느꼈다. 그들은 의심의 눈길로 서로를 경계했다.

일리노스 난바다에서 넷째 날에 할라드는 바타나트가 궤짝 가까이에 있는 걸 불시에 보았다. 밧줄이 느슨해져서 다시 죄어야 했다는 것이 바타나트가 내놓은 설명이었는데, 그는 거짓말쟁이 취급을 받았다. 할라드는 배 갑판에는 그런 족속을 위한 자리는 없다고 덧붙였다. 이 모욕으로 그는 턱뼈에 주먹 한 대를 얻어맞았다. 싸움은 아주 잠깐 이어졌다. 두 몸이 갑판 위에서 뒹굴었다. 그들은 그 싸움을 기이한 경험으로 체험했다. 각자 주먹으로 제 형제의 육신을 칠 때마다 제 신경으로 그걸 느낀 것이다. 그들은 서로를 죽일 만큼 충분한 힘이 있었다. 그런데 그럴 시간이 없었다. 배가 낙소스 곶의 암초에 좌초했기 때문이다. 삐죽한 바위에 선체가 뚫렸고, 배는 가라앉았다. 형제들은 바닷물에 집어 삼켜졌고, 포세이돈은 두 북극 지

노숙 인생

대 주민에게 구원의 손길을 내밀 필요가 있다고 판단하지 않았다.

*

그 사건이 있고 2천 년이 흐른 1930년 5월, 낙소스 항구의 부두에 정박한 한 범선에서 남자 셋이 거래를 하고 있었다.

– 15만 달러!

15만 달러라면 큰 금액이지만, 무슨 일에 대한 것이냐에 따라 다르지. 그만큼 값나가는 정보들도 있어. 그리스인이 스스로 힘을 내려고 혼자 하는 말이었다. 그는 살면서 그런 액수는 한 번도 말해본 적이 없었다. 자신의 조건이 역사적 저주의 결과라는 생각을 하며 자라난 모든 프롤레타리아가 그렇듯이 그는 부를 겁냈다. 카를과 에른스트는 서로를 바라보았다. 그들은 완벽한 쌍둥이였고, 아주 잘 생겼으며, 눈이 발트해처럼 파랬지만, 카를의 눈이 좀 더 흰색 기운을 띠었다.

– 여기서 우리를 기다리시오, 그리스 양반, 위스키를 마

시고 있어요. 우린 생각 좀 해볼 테니. 카를이 말했다.

　두 남자는 그리스인을 "그리스 양반"이라고 불렀고, 그리스인은 그 별명에 익숙해졌다. 쌍둥이는 갑판 위로 올라갔다. 그들은 자연색 그대로의 넓은 줄무늬 흰색 모직 폴로 티셔츠와 얇은 면바지를 입고 있었고, 그리스인은 저들이 어떻게 옷에 주름 하나 없이 완벽한 상태를 유지할까 생각했다. 그는 기름때 낀 자신의 티셔츠가 부끄러웠다. 그는 옷깃을 당겼고, 검은 털로 뒤덮인 자신의 뚱뚱하고 허연 배를 바라보았다. 그들은, 나이가 들었어도, 밧줄처럼 바싹 말라 있었다. 가난한 나라의 가난한 이들은 말랐지만 부유한 나라의 가난한 이들은 뚱뚱하다. 돈을 손에 넣으면 그는 아프리카로, 고레로 갈 것이고, 관광객을 위한 낚시터를 열 것이다. 정오에는 손님들에게 메제[21]를 내놓을 테고, 저녁에는 손님들을 농어 낚시에 데려갈 것이다. 15만 달러를 가지고 있으니 이미 왕이지만, 아프리카인들 사이에서는 황제가 될 것이다. 그리스인은 카를과

---

[21]　메소포타미아·발칸 반도·아나톨리아·중앙아시아·캅카스 등의 지역에서 식전주와 곁들이도록 내는 전채요리.

에른스트가 다시 내려오자 제 잔에 다시 술을 한 모금 따랐다. 그리스인은 그들의 그을린 목을 보았다. 거북이처럼 목 양쪽에 주름이 이중으로 잡혀 있었다. 다만 두 남자는 차라리 고양이를 닮았다.

– 그리스 양반, 요구가 많으시네요. 카를이 말했다.

– 네, 하지만 제값을 하는 정보들이 있지요. 오기 전에도 이 말을 이미 여러 번 반복한 그리스인이 대답했다.

– 엄청난 액수라, 조금의 오차도 용납 못 합니다. 에른스트가 말했다.

– 오차는 없습니다. 15만 달러를 주시면 제가 이미 말씀드린 곳으로 모셔다드리지요.

– 그 절반을 당장 현금으로 드리겠습니다. 그런 다음 첫 잠수 후에 현장에서 4분의 1을 드리고, 물건을 끌어 올리고 나면 나머지를 드리지요.

– 말이 바뀔 여지는 없나요?

– 없어요.

그들은 이틀 후에 출발하기로 했고, 그 덕에 그리스인은 열흘 동안의 식량(카를이 목록에 쓴 대로 "작은 시가, 페타 치즈, 위스키, 신선한 야채")을 사고, 아테네 국립은행에 계좌를 하나 열고, 티셔츠를 갈아입을 시간이 있었다.

바다는 무척 아름다웠고, 순풍도 불었다. 그들은 사모스섬, 이카리아섬, 파트모스섬을 지나갔다. 한 해안에서 멀어지자마자 다음 해안이 나타났다. 팽팽하게 부푼 돛은 삐걱거리는 소리 한 번 내지 않았다. 하늘은 푸르렀고, 수평선에는 섬들이 나타났다. 대리석 시대의 그리스에서 영원한 견고함을 추구하는 사유학파들이 발전한 것은 그 지리적 단순성 덕이다. 이런 풍경에는 정신적 혼란을 초래할 수 있는 것이 아무것도 없다. 공기, 땅, 바다라는 요소들의 표현으로 축소된 자연은 철학자들에게 세상의 배열 방식을 명확하게 보여줌으로써 그들의 작업을 도왔다.

선원용 흰 내의 차림의 두 요트맨은 무심했다. 선글라스에 챙모자를 쓰고, 조타 핸들을 바짝 잡고 있었다. 이따금 둘 중 한 사람이 요트의 균형을 유지하기 위해 아주 살짝씩 조정했다. 그리스인은 침묵을 지켰는데, 배가 고팠지만 차마 말하지 못했다. 에른스트와 카를 같은 사람들에게 알릴 만한 관심사가 아니었다. 두 형제도 아무 말이 없었다. 맵시 있게 깎인 뱃머리는 아무 탈 없이 바다를 갈랐고, 침묵이 지배했다. 그리스인은 그 정적을 잘 견디지 못

노숙 인생

했다. 그는 클럽의 스윙 댄스가 파랑波浪을 대체한 그리스 연안에 길들어 있었다.

그는 그물을 끌어 올렸던 4월의 그날을 떠올렸다. 황금 단검 두 개를 발견하고 다시 그물을 던졌다가 혁대 고리 쇠를 낚았을 때 그는 자신이 큰 부를 손에 쥐었음을 깨달 았다. 그날 저녁 낙소스 항구로 돌아온 그는 독일인 형제 에게 그들의 쌍돛대 범선에 태워달라고 부탁했다.

쌍둥이 형제는 2년 전 그 마리나에 정착했는데, 메클렌 부르크에서 왔으며, 아주 부유하고, 바닷속 잠수에 몰두하 며, 저녁마다 배에서 샴페인을 마시고, 항해는 즐기지 않 으며, 수집 물건에 관심이 있다는 것 말고는 그들에 대해 크게 알려진 바가 없었다. 그들은 골동품을 찾느라 종종 그 지역을 샅샅이 뒤졌고, 며칠 동안 튀르키예 쪽으로 사 라졌다가 항구로 돌아오곤 했다. 그들이 장물아비라는 소 문이 돌았다. 어느 날엔 수색영장을 가지고 온 세관원들 이 그들의 요트를 뒤졌다. 독일인들은 부두에서 버드나무 안락의자에 앉아 시가를 피우며 그 작업을 지켜보았다. 공무원들은 성과를 얻지 못한 채 돌아갔다. 그리스인은 이따금 그물과 조개 바구니를 제쳐두고, 독일인들에게 고용되어 일하곤 했다. 그는 갑판을 연마석으로 닦았고, 돛을 수리했다. 형제들은 그가 더럽긴 해도 그를 아주 좋아했다.

물건을 발견한 날 저녁, 그는 단검들을 감싼 헝겊을 풀면서 자신이 제대로 겨냥했다는 걸 알아차렸다. 쓸데없는 말은 절대로 하는 법이 없는 카를이 참지 못하고 이렇게 내뱉었기 때문이다.

– 어이쿠!

그리스인은 혁대 고리쇠도 보여주었다. 에른스트가 눈썹을 치켜올렸다. 그리스인은 독일인들의 그런 감정표출에 익숙하지 않았다. 그들은 철갑을 두른 듯했다.

그리스인 어부는 이 보물 사냥꾼들이 법의 냉혹함에도, 다른 약탈자들의 선망에도 노출되어 있다는 것을 알았다. 그에겐 발굴에 필요한 자원이 없었다. 누구에게 그 물건들을 팔아야 하는지도 알지 못했다. 조심히 다뤄야 하는 뜨거운 전리품에 적합하지 않은 손들이 있다. 자금지원의 기쁨은 두 형제에게 남기고 자신의 비밀로 수익을 창출하는 편이 훨씬 분별 있는 일이었다. 쌍둥이에게는 위험을, 그에게는 15만 달러를. 세네갈! 미래! 이렇게 그는 정어리

낚던 그물로 새로운 삶을 낚게 된 것이다.

　그리스인은 형제들을 섬의 북쪽 뿔까지 인도했다. 삐죽삐죽한 화강암으로 이루어진 암초 하나가 해안선 3백 미터 지점에 나타났는데, 파도가 칠 때만 너덜너덜한 바위 끄트머리가 노출되었다. 그리스인은 그곳을 우회하게 했고, 장소를 찾았다. 독일인들은 그의 지시를 따랐다.

　– 저기요! 그리스인이 말했다.

　– Gut(좋아)! 에른스트가 말했다.

　– 깊이는? 카를이 물었다.

　에른스트가 수심측량기를 보고 외쳤다.

　– 15미터!

　– 위치는?

　– 북위 38° 45′, 동경 22° 55′.

　– 어이쿠! 카를이 말했다.

　그 지점은 섬의 남서쪽 측면에 자리한 암초의 톱니 모양 하나와 일치했다. 바람으로부터 배를 보호해주는 자연 내포內浦의 한쪽 팔 끄트머리였다. 그들은 닻을 던졌고, 40미터 사슬을 내렸다. 닻은 사냥하더니 이내 바위를 물었다. 그리스인은 튜튼족 형제가 들떴다고 생각했다. 그들은 감추려고 애썼지만. 그들의 흥분은 행동의 미세한 변화로 드러났다. 카를은 단호한 동작으로 평소보다 더 자주 머리카락을 쓸었고, 에른스트는 작업을 끝낼 때마다 "gut, gut, sehr gut(좋아, 좋아, 아주 좋아)"으로 마무리 지었는데, 냉철한 메클렌부르크 사람에게 그런 행동은 마음에 큰 혼란이 일었음을 의미했다. 세 남자는 목재 부속선을 타고 모래 해안까지 갔다. 그들은 저녁 내내 상자들과 잠수 물자를 내렸다.

그토록 가까이, 감미로운 에게해 속 15미터 깊이에서 잠자고 있는 금은 방사 에너지를 강하게 내뿜었다. 어떤 존재들의 자기장은 귀금속이 내뿜는 눈에 보이지 않는 발산에 유난히 민감하다. 19세기에 에너지 이론가들은 이 방사 현상을 연구했고, 여러 국가의 역사를 장식한 '골드러시'의 일화들이 다름 아니라 빛을 발산하는 어느 원천을 향한 육신의 뿌리칠 수 없는 충동이었음을 입증했다. 그리스인은 신비주의 문학을 공부하지는 않았지만, 독일인들이 정상상태가 아니라는 건 알아차렸다.

그들은 범선으로 돌아갔다. 고단한 밤이었다. 카를과 에른스트는 잠을 이루지 못했고, 간이침대들은 삐걱거렸

노숙 인생

다. 동이 트자 그들은 잠수했다. 독일인들은 그 연안에 오래 지체하고 싶지 않아서 교대 체계를 짰다. 한 형제는 다른 형제가 바구니에 담아온 것을 갑판 위에서 분류하고 씻었고, 한 시간 반마다 교대했다. 독일식 조직에 서정적 음악이 더해졌다. 그들은 시간의 단조로움을 해소하기 위해 축음기를 틀었고, 축음기에서는 로엔그린 서곡이 흘러나왔다. 그리스인은 점점 더 불안해져서 양파를 넣고 토마토를 노릇노릇하게 볶았고, 먼바다를 바라보며 위스키를 꿀꺽꿀꺽 마셨다.

전리품은 기대를 훌쩍 뛰어넘었다. 대개 보물 사냥꾼들은 있을 수 없는 수확을 꿈꿀 때 좌절을 맛본다. 얼마나 많은 잠수부가 엘도라도를 찾았다고 믿었다가 조개들에 먹혀버린 테라코타 접시 한 무더기에 만족해야 했던가? 이번에는 마치 위대한 잉카가 에게해에 제국의 보물을 토해놓은 것 같았다.

그것은 성스러운 장소를 약탈한 전리품이었다. 잠수 마스크를 통해 카를은 한눈에 3세기 이전의 그리스 봉헌물, 특히 순금으로 된 아폴론 형상들을 알아보았다. 거의 완전히 해체된 난파선 잔해에서 30피트 길이의 작은 그리스

화물선이 드러났다. 선체가 암초에 부딪히면서 배가 사면의 움푹한 공동 속으로 가라앉은 게 분명했다. 배는 단층 축에 박히는 바람에 돌 요람의 보호를 받아서 화물창의 내용물이 물살에 휩쓸려가지 않았다. 독일인들은 첫째 날 15시간을 연이어 작업했다. 하늘이 붉어졌을 때 그들은 마침내 쉬기로 마음먹었다. 밤에 그들은 두 시간마다 교대로 불침번을 섰지만, 그리스인은 면제받았다. 어부는 쌍둥이들이 배에 전쟁 무기 일체를 싣고 있다는 것을 발견하고 불쾌해졌다. 루거 권총과 마우저 총이었다.

다음 날 저녁, 에른스트와 카를은 난파선 잔해에서 반짝이는 모든 것을 뜯어냈다. 트렁크 하나를 채울 만큼 많았다. 무기, 쟁반, 단도, 혹단추, 술잔, 술통, 종. "빌어먹을, 빌어먹을, 금, 금, 온통 금이군." 그리스인이 이렇게 중얼거리자 에른스트가 너무도 매섭게 새파란 눈으로 째려봐 심장에서 피가 날 지경이었다. 독일인들은 셋째 날 동이 트기를 기다리지도 않고 닻을 올렸다. 사람들의 호기심을 깨우기 전에 그곳을 떠나야만 했다.

그들은 이교異敎의 달빛 아래 밤에 항해했다. 그들은 T 항구를 목표로 삼았다…. 그곳에 그리스인을 상륙시킬 생

노숙 인생

각이었다. 그는 제 몫의 보수와 입을 다물라는 명령을 안고 떠날 것이다. 두 형제는 계속 항해를 이어갈 것이다. 에른스트는 쉬지 않고 축음기를 틀었고, 배는 음악의 잔해를 항적으로 남겼다. 요란한 금관악기와 팀파니 소리를. 독일인들의 눈길은 전기를 띤 듯 번득였다. 금이 든 트렁크는 앞 갑판에 놓여 있었다. 그리스인은 입술을 깨물었다.

저녁에 카를과 에른스트는 익숙하지 않은 신랄한 말들을 주고받았다. 밤 동안 그리스인은 불면에 시달리다가 달빛에 눈을 씻으려고 갑판 위로 나왔다. 그는 선미 조타석을 지나다가 깜짝 놀랐다. 두 형제가 불침번을 서고 있었기 때문이다. 카를은 뱃머리에서, 에른스트는 키를 잡고서. 두 사람은 꼼짝 않고 서로를 응시하고 있었다. 동이 틀 때까지 서로에게서 눈을 떼지 않았다. 잠 부족으로 그들의 눈꺼풀은 빨갰다. 배는 정동쪽을 향하고 있었다. 다음날 낮과 밤에도 그들은 휴식을 취하지 않았다. 그저 식료품 저장실에서 몇 가지 음식을 꺼내 먹었을 뿐이다. 불안한 시간이 이어졌다. 보초를 선 쌍둥이들은 짧게 낮잠에 빠지곤 했다. 쌍둥이들을 친족살해로부터 보호해주던 유전적 빗장을 피로가 끊어 놓았다. 각자가 상대에게 달려들 순간만 기다렸다. 위스키도 그리스인의 떨림을 더는 가라앉히지 못했다. 그는 축음기를 집어 들고, 심포니가 광기를 가라앉혀 주리라 생각하고 갑판으로 올라갔다.

여섯째 날 정오 때, 그리스인은 폭발하듯 터져 나온 목소리를 듣고 갑판으로 달려갔다. 카를은 동생이 뱃머리 선실에 다녀왔다고 비난했다. 상대는 트렁크가 선실 벽에 부딪히지 않는지 살펴봐야 했다고 응수했다. 첫 발포는 "거짓말쟁이"라는 말이 내뱉어진 순간에 나왔다. 그 모욕을 받은 건 카를이었고, 에른스트는 총알을 받았다. 하지만 에른스트도 쓰러지기 전에 총을 쏠 시간이 있었다. 그리스인은 몇 초 동안이나 두 시신 앞에 머물렀을까?

배는 X 섬 앞에서 9노트 속도로 밀레노스 곶의 암초에 부딪혔다. 선체는 폭발했고, 그리스인의 마지막 생각은 자신이 술을 마시는 데 보낸 그 숱한 세월을 수영하는 법을 배우는 데 투자했어야 했다는 것이었다. 그러나 사람들은 자신이 불멸의 존재라도 되는 줄 여기고 대비를 소홀히 한다. 물이 배를 집어삼켰다. 거품이 부글부글 일더니 바다가 모든 걸 덮어버렸다. 에게해는 겔프당 켄타우로스들의 비밀을 집어삼킨 뒤 카를과 에른스트의 비밀까지 덮어

노숙 인생

버렸다. 역사가 반복된다는 사실을 아는 건, 오래전에 그 걸 주창한 몇몇 그리스 철학자들 말고는, 바다의 신들뿐 이다.

행운

상드라르라면 짠 눈물을 쏟았을 것이다. 그 도시는 살았었다. 파나마 운하는 100년 전에 대서양 횡단선들이 혼곶[22]까지 돌아가지 않게 해줌으로써 그 도시를 죽였다. 배들은 위험을 무릅쓰고 그 곳 앞으로 거의 다니지 않고, 운하를 통해 항로를 자른다. 선원들은 더는 발파라이소에서 검역을 받을 필요가 없다. 도시는 해안에서 잠들었다. 무용해지는 것보다 치명적인 일은 없다.

옛날에 이 도시는 검역소 대신 항구의 술집들을 갖춘, 구제원 같은 곳이었다. 사람들은 병에서 회복되길 기다

---

22) 남미 대륙 최남단에 위치한 곳, 케이프 혼 또는 뿔곶이라고도 불린다.

노숙 인생

리며 이곳에 몇 주씩 머물렀다. 피스코 술을 마시며 남위 40도 해역의 포효하는 바람으로부터 회복되는 것이다. 사람들은 다시 떠나도 좋다는 명령을 기다렸고, 그때는 기다릴 줄 아는 시절이었다! 오늘날 시설들에는 잊힌 장소의 향기조차 떠돌지 않는다. 칠레 사람들은 프랑스 와인을 마시며 미국을 꿈꾼다. 그들은 세계 질서에 대해 장광설을 늘어놓는 여성을 선출했다. 장군들은 더는 서로를 암살하지 않는다. 정박지에는 시간이 흘러간다는 사실을 잊은 구축함들만 있다. 그 배들은 대포들을 내민 채 대양이 태평양이라는 사실을 잊고 맴을 돈다.

전기가 도시를 정복했다. 밤마다 언덕들이 빛난다. 사람들은 도시에 언덕이 마흔두 개인지 마흔다섯 개인지 알려고 다툰다. 신문들도 가담한다. 사람들은 집에서 그런 논쟁을 벌인다. 논쟁해볼 만한 주제다. 그 언덕들은 잠들 때까지 우리를 떠나지 않는다. 발파라이소에서는 도시 밑으로 내려가면서 제 신분증을 잊어버리고 다시 올라와서는 핸드 브레이크 당기는 일을 잊는 것이 악몽일 터다.

집들은 경사면들을 따라 균형을 이루며 이어진다. 뒤얽힌 전선이 그들을 잇는다. 마치 끈으로 서로 엮인 것 같다.

혹시라도 전선을 당겼다가는 도시가 무너질지도 모른다. 예전에 항구에서는 밧줄들이 부딪치는 소리가 났다. 밧줄은 날카로운 휘파람 소리로 돌풍을 갈랐다. 부두에서는 초소의 새우 그물 너머로 수평선이 보였다. 배는 이따금 물 위에서 연주할 밧줄 하프다.

화가는 전쟁 전에 만들어진 작은 나무 범선을 타고 부두에서 그 모든 시간을 살았다. 그 범선은 도크dock 뒤에서 썩어가고 있었다. 어느 날 아침, 그는 지나가다가 '매물' 팻말을 보았는데, 적힌 전화번호는 짠 바람에 거의 지워져 있었다. 그는 조용한 장소를 찾고 있었기에, 그 배를 사서 수리해 물에 띄웠더랬다. 배에 오른 그는 삶의 공간으로 10평방미터를 택하는 사람들이 보일 법한 편집증으로 모든 걸 다시 만들었다. 문고리 하나까지 제 이야기를 갖지 않은 것이 없었다. 그는 널빤지 하나에 대해서도 15분은 얘기할 수 있었다. 너무도 세세한 것들에 빠져서 듣는 사람은 숨도 쉬기 어려울 정도였다.

그는 배를 '아틀리에'라고 불렀고, 배를 처음 물에 띄우던 날 자신의 게임 탁자의 석고 쇠시리에 새겨진 문구의 베일을 벗겼다. "먼바다에서 불어오는 바람은 아름다

노숙 인생

운 창녀처럼 결코 아침에 일어나지 않는다". 그는 몸소 이 명구를 실행에 옮겼다. 정오까지 잠들어 있었고, 잠에서 깨면 밤이 분비해 놓은 것을 뱉어냈으며, 오후에는 그림을 그렸고, 우리에게 자기 일을 보러 들르고 술을 마시자고 했으며, 토요일에는 외출해서 5월 21일 광장에서 물감을 샀고, 나머지 시간에는 인기가수로 35년 전에 무대 위에서 심장마비로 죽은 그의 누이 마리아 리베이라가 남겨준 돈으로 자기 배에서 술을 마셨다. 결국, 옛 발파라이소의 분위기는 그 다리 밑으로 피신했다. 이제 배는 없고 추억만 많이 지닌 뱃사람들이 다녀갔다. 그는 좋은 이야기를 들려준 대가로 그들에게 초상화를 그려줬다.

이따금 우리 가운데 한 사람이 모든 미학적 판단은 피스코 술에 익사시키고 그림 한 점을 사곤 했다. 우리의 친구 화가는 한 번도 닻을 올려보지 못했지만, 작은 정사각형 화폭에 언제나 똑같은 그림을 그렸다. 거친 파도였다. 그는 하나의 화풍을 만들어냈다. 배멀미를 안기는 화풍이었다.

나무 범선은 언제부터 항해하지 않았을까? 그 배의 선장은 그것에 대해 전혀 알지 못했다. 옛 소유주에게서도 아무런 정보를 얻어낼 수 없었다. 그날 저녁, 우연히 지나다가 배에 올라탄 나는 '아틀리에' 호를 즐겨 찾는 옛 상선의 선장 둘과 함께 협소한 선실에 모이게 되었다. 부에노스아이레스에서 마리아 리베이라를 알고 지냈던 칠레 사람과 아르헨티나 사람이었다. 우리는 긴 의자에 촘촘히 붙어 앉아서 담배 연기에 취했고, 정신이 흔들리자 항해하는 느낌이 들었다. 늘 그랬다.

행운의 급변에 관한 대화가 이어졌다. 나는 좌절한 순간에 운명이 파고로 돌아와 우리가 몽땅 잃었다고 생각한 판돈을 가져다주기도 한다고 주장했다. 그래서 기적을 믿으며, 의지에 대해 낙관하고, 완전히 죽지 않는 한 심각할 것은 없다고 주장했다. 두 선장은 고개를 끄덕였고, 다른 사람은 졸았다.

피스코 술 때문에 화가는 진지해졌다. 그는 예술가로서 허무주의자의 목소리를 내고 싶어 했다. 그는 최악은 언제나 분명하다고 말했다. 삶은 뚜껑이 다시 덮일 때까지 쇠퇴의 비탈길을 따라가는 것이며, 행운은 삶의 길목에서 부자에게만 추파를 던지는 뻔뻔스러운 여자라는 등의 말을 했다. 그 모든 말을, 손에는 술병을 들고, 입에는 시가

노숙 인생

를 물고, 머리카락에는 과슈를 잔뜩 묻힌 채 말했다.

선장들은 그때까지 침묵을 지켰다. 그러다 불쑥 칠레 사람이 말했다.

─ 나는 행운의 화신을 본 적이 있어요. 여신처럼 물에 떠 있더군요. 아라푸라해에서였어요. 인도네시아의 바나나 송이들을 퍼스[23]로 배달하던 길이었는데, 무전기에서 오스트레일리아 신호가 잡혔어요. 해안경비대가 우리에게 웨셀 제도 쪽으로 와달라고 청하더군요. 아라푸라해는 제가 자주 항해해본 곳인데, 그다지 깊지 않고 따뜻한 물이 흐르는 작은 해역입니다. 빙하기에 부상한 지협이지요. 띠 모양의 땅은 군도와 오스트레일리아 사이의 통로로 쓰였죠. 밤에 불침번을 설 때면 선체 아래 2백 미터에 동물들과 사람들이 있다는 생각이 들더라고요. 그곳에서 살았고, 서로 사랑했고, 서로를 쫓아다닌 동물과 사람 들이 있다고….

─ 자네 강연이라도 하나? 아르헨티나인이 말했다.

─ 범선 하나가 여섯 명의 오스트레일리아인을 태운 채

---

23) 서오스트레일리아의 주도.

뒤집혔어요. 그 사람들은 웨셀 군도 북쪽까지 항해했다가 파도가 거세지자 아라푸라해를 거쳐 해안에 이르른 겁니다. 구조대가 메이데이 신호를 받았지만, 다윈에서 와야 했기에 시간이 걸려서 인근 선박들에게 항로를 변경해서 와달라고 요청한 거죠. 서쪽으로 이동하던 태풍이 우리를 정면으로 강타하는 바람에 우리도 속도가 크게 느려졌지요. 우리가 그곳에 도착했을 때 구조팀보다는 15시간 정도 앞서 있었지만 난파당한 사람들에게는 하루 이상 지체된 상태였어요. 우리는 한참 찾았습니다. 날씨는 잠잠해졌고, 바다는 텅 빈 벌판 같았지요. 상어떼가 이미 모든 걸 청소한 뒤였습니다. 날이 저물고 있었고요. 우리는 오스트레일리아 경비대에 연락해서 그만 떠나겠다고 말했죠. 내가 뱃머리를 다시 돌릴 채비를 하는데, 우리 선원 하나가 손에 망원경을 든 채 외쳤어요. "북쪽에 뭔가 있어요!" 우리는 환각이리라고 생각했지요. "물 위에 누가 떠 있어요!" 우리는 다가갔습니다. 한 여자가 우리에게 손짓을 보내고 있더군요. 여자는 마치 그날 저녁 내내 우리와 함께 있었던 것처럼 앉아 있었어요. 우리는 바다에 보트를 띄웠고, 내가 여자의 어깨를 붙잡는 순간 거북이가 보였어

노숙 인생

요. 거북이 등껍질이 수면 아래로 희끄무레한 얼룩처럼 보이더군요. 그 동물은 선체에 얼마간 붙어 있다가 슬프게 물속으로 사라졌습니다. 그 생존자는 36시간 동안 거북이 덕에 수면에 떠 있었던 겁니다.

─ 앞으로 절대 거북이는 먹지 않을 거야, 아르헨티나인이 말했다.

─ 종종 있는 일인가 봐요? 화가가 말했다.

─ 아뇨, 오히려 돌고래는 종종 있어요. 나는 오래전에 더는 돌고래를 건드리지 않겠다고 맹세했지요. 그 여자에게 거북이가 그런 것만큼 내게는 돌고래가 소중했죠. 나는 하늘이 우리가 기대하지 않을 때 후의를 마련해두신다고 생각합니다.

─ 돌고래들이 당신을 구해줬나요? 내가 말했다.

─ 병코돌고래들이 그랬죠.

─ 해안가로 데려다주던가요?

─ 아뇨, 일본인들과 함께 떠난 낚시 모임 때였죠. 10년 전에 나는 군도에 살았고, 고베 해운회사의 선박들을 몰았습니다. 어느 날, 우리는 회사 사장과 함께 바다로 나가야만 했죠. 대단히 일본다운 일이었지요. 회사는 가족 같

앴으니까요. 서로를 사랑해야 하고, 서로를 알아야 하며, 함께 살아야 했죠! 우리는 배에 탔습니다. 완전히 새 배였어요. 태양, 은빛 도는 물, 전쟁이 떼가 가로지르는 수면, 멋진 하루였죠. 그런데 돌아가려던 순간, 모두가 공포에 사로잡혔죠. 수십 마리의 돌고래가 우리를 에워싼 겁니다. 백 마리쯤이었을 수도 있어요. 돌고래들은 부리로 선체를 쪼아 우리를 먼바다로 밀었어요. 녀석들이 몇 시간 동안이나 꼬리로 거품을 휘저어서 수면은 새하얗게 변했어요. 크림 거품 속에 반짝이는 검은 등이 만드는 양탄자를 상상해보세요! 사장은 모터를 작동시키지 못하게 했어요. 돌고래들이 다칠 걸 겁낸 건지 아니면 자기 배가 망가질 걸 겁낸 건지는 결코 알지 못했지요. 빛은 약해졌고, 바다는 붉어졌어요. 그러는 동안 도시는 지진 아래 무너지고 있었지요.

나는 빚지고 싶지 않았다. 셋이서 운명의 호의를 이야기하며 세우던 그 작은 기념물에 덧붙일 나만의 이야기가 있었다.

－나도 아버지에게 들은 이야기가 있어요.

－행운에 대한 이야기? 아르헨티나인이 물었다.

– 그런 셈이죠!

– 우린 경험담만 원해요, 화가가 말했다.

– 하지만 난 경험한 게 아무것도 없어요. 내가 타본 유일한 배가 이 배이니까요.

– 이야기하게 두세요. 칠레인 선장이 말했다.

– 우리 아버지는 세계 곳곳으로 온갖 종류의 화물을 운송하던 퍼시픽 스팀 컴퍼니 소속 '리구리아' 호에서 2년을 근무했어요.

– 나도 알아요, 아르헨티나인이 말했다.

– 어느 날, 샌프란시스코에 착륙하기 전날 한 중국인 선원이 포커를 한 판 하고 나서 갑판 너머로 내던져졌답니다. 그 선원은 연달아 게임을 하면서 자기 옷을, 자기 몫의 식량을, 월급을, 분기 저축을, 마지막으로 자기 목숨을 잃은 겁니다. 선장은 목숨을 걸고 게임하는 걸 이미 금지했었어요. 노무 인력이 아주 부족했으니까요. 하지만 배를 해안에 대기 전날 규율이 느슨해진 겁니다. 그 선원은 캘리포니아 남부의 차가운 물살에 휩쓸려 가라앉았을 테지요. 살인자들은 그의 실종을 지휘관에게 알렸어요. 조사 결과 사고로 결론이 났고, 사고 기록부의 그의 이름 옆

에는 '해상 조난'이라고 적혔지요. 이튿날, 리구리아 호가 부두에 정박하자마자 한 남자가 심각한 사고에 대해 얘기하겠다며 선장에게 면담을 청했답니다. 바로 그 중국인이었지요. 그가 떨어지고 두 시간 뒤 어선 하나가 그를 건진 겁니다. 그가 떨어진 곳으로 배가 지나갈 확률은 수백만 분의 일이었는데 말입니다. 그의 목소리가 들리기에도 수천 분의 일 확률의 행운이 필요했고요.

　― 삶이 그 인간을 아꼈나 보네요, 아르헨티나인이 말했다.

　― 우연이 무분별하게 봐주는 인간들이 있지요, 칠레인이 말했다. 한번은 살라망카에서 러시아 선장 한 명을 만났어요. 1962년에 크림반도의 와인을 뱃전까지 가득 실은 작은 화물선으로 아랄해를 항해했던 선장이었지요. 화물은 기차로 카자흐스탄의 아랄스카까지 도착해 있었는데, 타슈켄트 도로를 다시 타야 했어요. 그 시절에는 시간을 벌기 위해 아랄해를 횡단하곤 했지요. 그 선박은 바다 한가운데에서 난파했답니다. 20년 뒤 그 바다는 증발해 버렸어요. 모스크바의 개발자들이 바닷물을 퍼내 버린 겁니다. 해안은 옛날 해안선에서 100킬로미터 뒤로 물러났지

노숙 인생

요. 모래언덕에 좌초한 배들의 이미지를 아실 겁니다. 이때부터 사람들은 여전히 그 바다를 가로질렀지만, 그러나 이젠 트럭을 타고서, 길이 난 메마른 땅 위를 달리며 가로질렀지요. 선장은 어느 날 밤 남쪽을 향해 달리고 있었답니다. 그러다가 닻에 부딪힐 뻔했고, 우연히 그 선박의 잔해물 앞에 이르렀지요. 와인은 온전했을 뿐만 아니라 20년 더 숙성되었고요.

우리는 화가를 설득하지 못했다. 그는 우리의 노고에 대해 감사했다. 그리고 우리가 이야기한 것의 단 한 마디도 믿지 않는다고 덧붙였고, 우리 이야기의 4분의 1만 사실이더라도 그것이 그의 이론을 확증해준다고 말했다.

– 우리는 최악의 상황이 임박한 가운데 살고 있어요. 여러분의 이야기는 때때로 모래 한 알이 메커니즘을 그르쳐서 몰락을 조금 뒤로 미룬다는 의미일 뿐입니다. 허무주의로 개종하시지요! 그러는 편이 사는 데 도움이 될 겁니다.

우리는 더는 말하지 않았다. 어쨌든 그곳은 그의 집이었고, 안데스 너머 이곳의 예법은 우리를 맞이해주는 사람이 마지막 말을 하도록 남겨두는 것이다. 우리는 인사를 나눴고, 곧 다시 보자고 맹세했고, 작품을 보러 오겠다고 약속했다. 작별인사는 꽤 길어졌다. 우리가 이미 볼인사를 나눴는지 기억하지 못했기 때문이다. 갑판 위의 공기는 감미로웠다. 언덕들은 반짝였다. "여러분과 함께 선창까지 조금 걸을게요"라고 우리를 맞아준 주인장이 말했다. 그는 상갑판 난간을 넘어서면서 미끄러졌고, 뱃전 모서리에 부딪혔으며, 아래로 떨어지더니 물속으로 사라졌다.

사람들이 건져 올렸을 때 그는 죽어 있었다.

결국, 그의 생각이 옳았다.

글렌[24)]

실화를 토대로 한 이야기.
이 이야기에 영감을 준, 왕립지리학회의 일원들인
아드리앙과 니콜라 C. 에게 경의를 표하며.

– 어쩌면 학교 안에 술병들이 돌고 있는지 모릅니다!

판사의 암시에 교장은 목이 메었다.

– 어떻게 그런 말씀을….

세인트 존스 컬리지는 영국에서 가장 이름난 학교 중
하나였다. 글렌 말크 맞은편 파이들모어 절벽의 반대편에
파수꾼처럼 배치된 이 석조 공간이 여왕에게 바친 봉사는
값을 매길 수 없는 것이었다. 제2차 세계대전 동안 루프트
바페[25)]의 에이스들에게 영불해협 횡단을 매우 어렵게 만

---

24) 게일어로 '계곡, 협곡'을 뜻하는 글렌glen은 스코틀랜드의 지명이며 위스키 브
랜드로 많이 쓰인다.
25) 제2차 세계대전 때 독일 국방군의 공중전 담당 부대.

든 2만 대의 스핏파이어 가운데 359대는 이곳 출신의 자원병들이 몰았다. 하늘 대신 마크 해안을 뒤덮은 안개밖에 보지 못하고 지낸 이들이었건만.

수 세기의 세월에 반들거리는 세인트 존스의 나무 천장 아래를 사법관 부대가 거쳐 갔다. 런던의 대법원 판사 일부는 그들이 왕실의 존립을 위협하는 분리주의 활동을 한 혐의로 징역 5년을 선고한 피고들과 같은 학교 출신이었다. 동료애도 법정 문턱은 넘지 못했다.

적어도 인도의 두 총독과 수십 명의 관리도 아대륙의 치명적인 습기를 맛보기 전에 세인트 존스의 정사각형 안뜰들을 경험했다. 첨두형 통로로 분리되고, 출입이 금지된 잔디가 깔린 안뜰이었다. 그들 중 몇몇은 말라리아에 시달리고, 해충과 성병에 잡아먹혀 벵골 도마뱀들이 느릿느릿 교미하는 가마 밑에서 죽어가면서 어린 시절의 학교를 그리워하며 떠올렸다.

하이랜드부터 하드리아누스 방벽까지 스코틀랜드에서 중요한 모든 곳은 이 학교 교육의 혜택을 입었다. 청소년에게 남쪽 바다를 항해하고 싶은 욕구를 불러일으키는 분위기 속에서 신체적 학대와 자유로움을 영리하게 혼합한

　　　　　　　　　　　　　　　　　노숙 인생

교육이었다.

오스카 와일드가 이곳을 거쳐 갔다면, 그의 유독한 항적이 명백히 고딕 성벽의 이끼에 악마의 기운을 스미게 했을 테지만, 그 학기의 가장 명석한 학생이 매일 아침 닦아서 광을 낸 도서관의 명판에는 월터 스콧이 바로 그곳 천장 아래에서 자신의 소설《우드스탁Woodstock》의 윤곽을 구상했다고 적혀 있었다.

요컨대, 이곳은 명망 높은 과거, 흠잡을 데 없는 현재, 탄탄한 미래가 확실한 학교다. 그런데 능력도 없이 법복을 입은 한 인간이 ─더구나 킨타이어 출신이!─ 학교의 올곧음에 의심을 품고 학교 일에 주인 행세를 하다니!

─ 어떻게 그런 말씀을… 판사님, 이리 와서 좀 보세요.
교장이 말했다.

남자는 창가로 다가가더니 창문을 열었다. 그의 집무실은 건물의 서쪽 측면에 자리하고 있었다. 학교 담장은 절벽 가장자리에 뿌리를 내렸고, 검은 암벽이 건물의 담장을 연장하고 있었다. 몸을 숙이면 눈길은 허공으로 떨어져 100미터 아래의 모래사장 바위까지 이어졌다. 대양이 절벽의 발을 맹렬히 물어뜯고 있었다. 거품을 물고서.

－ 저 암초를 보세요. 우리 학교의 담장도 같은 바위로 되어 있습니다. 칼레도니아의 화강암은 바이킹의 노략질로부터 우리 조상들을 보호해주었어요. 시대의 악덕들이 훼손하지 못할 견고한 요새지요. 낭떠러지 발밑에서 거품이 부글부글 끓어봤자 무력할 뿐입니다. 판사님, 시대의 거품도 우리 문 앞에서는 똑같이 멈춰 섭니다.

판사는 후퇴했다.

－ 좋습니다, 나 혼자 조사해보죠.

－ 그러시는 게 좋겠습니다, 교장이 말했다.

－ 그래요, 판사가 말했다.

－ 여기서는 아무것도 찾지 못하실 겁니다, 교장이 고집스레 말했다.

－ 그러겠지요, 그 말씀이 맞겠지요.

－ 안녕히 가세요, 판사님.

－ 안녕히 계세요, 교장 선생님.

판사 케언은 1940년대에 영국인 목사와 하이랜드의 식료품 가게 여주인의 결합으로 태어났다. 그는 킨타이어의 어느 중학교에서 자랐는데, 그곳에서 그는 열여덟 살이 될 때까지 "배신자의 자식", "영국놈"이라 불렸다. 그 후 그는 온 나라가 두려워할 만큼 엄격하게 판사의 권위를 행사함으로써 어린 시절의 상처를 치유했다. 그는 몸이 무르고 노랬으며, 눈은 꼭 가마우지 눈 같았다. 그는 순수성에 강박적으로 사로잡혔다. 미덕이 그에게 미치는 효과는 보통 사람들에게 악덕이 미치는 효과와 같았다. 미덕은 그를 흥분시켰다. 그는 도덕도 날씨나 마찬가지라고 생각했다. 어떤 지역은 해로운 대기 속에 놓이고, 또 어떤 지역은 선과 진리의 투명한 빛 속에 잠긴다는 것이다. 그 해결책은 정화의 바람을 불게 해서 저기압 덩어리를 몰아내는 것이었다.

그는 동족들을 혐오했다. 스코틀랜드인을 야만인으로 여겼고, 그들의 폭력성을 근절하고 싶어 했다. 행정부는 그를 말레이그 법원에 발령내서 그 관할구역의 질서 유지 임무를 맡겼다.

민간 직책 하나가 그에게 부여되자 그는 스스로 문명화 임무를 맡았다고 생각했다.

지난해에 그는 새 전투마에 올라탔다. 알코올 중독에 맞서는 싸움이었다. 영국의 타블로이드 신문 〈인콰이어

Enquire)는 매년 내무부의 통계를 실었고, 알코올 소비에 따라 지역을 분류했다. 말레이그는 해마다 선두에 올랐다. 죽음의 해인 1996년에는 핸든Hendon 마을이 말레이그를 제치고 선두에 올랐는데, 이 때문에 알코올에 의한 섬망譫妄의 물결이 일었다. 한쪽 마을에서는 이 사건을 술로 축하했고, 다른 쪽 마을에서는 모욕을 술로 씻으려 했기 때문이다.

1995년, BBC는 탈레반 학생들이 카불에 도착하는 장면들을 재방영했다. 물라 오마르는 압수한 주류를 폐기하라고 명령했다. 샤르-이-나우 구역에서 T34 탱크가 유리 깨지는 소리를 내며 산처럼 쌓인 불순한 파키스탄 스카치와 위스키병을 압살하는 장면을 카메라들이 불멸로 남겼다. 터번을 쓰고 AK47로 무장한 아프가니스탄인들은 무심한 얼굴로 그 장면을 지켜보았다. 일부는 어쩌면 그런 낭비를 남몰래 원망했는지 모르지만, 수염 때문에 그들의 얼굴에서는 아무런 감정도 읽을 수 없었다. 수염이 없는 유일한 사람들은 탈레반 무리에 합류한 하자라족들로, 그들의 튀르키예-몽골 얼굴에도 아무런 표정이 실리지 않았다. 판사는 그 장면을 보며 무척 즐거워했다. 자신의 소명이 그에게는 명명백백해 보였다. 그는 글렌의 T34가 될 것이다! 더는 온 마을이 열두 살짜리 신에게 희생되도록 가만히 있지 않을 것이다.

그런데 세인트 존스 컬리지는 얼마 전에 걱정스러운 사건의 무대가 되었다. 열세 살짜리 두 소녀가 어느 날 아침 비틀거리며 학교 문 앞에 나타난 것이다. 그들은 문턱을 넘어서자마자 운동장의 포석 위에 주저앉았다. 진단은 쉬웠다. 알코올 중독으로 인한 혼수상태였다. 작은 지역 병원의 의사가 그들을 구했지만 둘 중 더 나이가 많은 리사의 경우는 석 달 반 동안이나 눈꺼풀의 떨림과 턱뼈의 마비가 계속되었는데, 이 학생은 그것이 에탄올로 인해 뇌 말단 신경이 손상된 것이 아니라 운동장의 포석에 넘어질 때 입은 충격의 결과라고 믿었다.

두 학생은 한 학생의 열세 살 생일을 축하하려고 학교의 고딕 첨탑을 굽어보는 언덕 꼭대기에서 아란 싱글 몰트 한 병을 들이켰다. 오전 7시 30분에 그들은 옷에 이탄을 묻히지 않으려고 책가방을 깔고 앉았다. 반 시간 뒤, 하늘에 윤곽을 드러낸 가녀린 형체 둘이 손에 술병을 들고 황야의 능선 위에서 엘프처럼 춤을 추었다. 8시 45분에 쇼

브 산 위의 만취는 끝이 났고, 술병엔 한 방울도 남지 않았다. 이미 첫 술기운이 혈관 속에서 공격을 시작했다. 소녀들의 순결한 피 5리터는 몰트의 공격에 맞서 힘을 발휘하지 못했다. 소녀들은 돼지가 기계적으로 돼지우리를 찾아가듯이 무의식적 자율성 덕에 학교 가는 길을 찾았다.

이 이야기는 판사의 귀에까지 들려왔고, 판사는 수사를 서둘렀다. 히드 무성한 들판에서 술병이 발견되었다. 가격표를 본 수사원들은 항구의 식료품 가게로 향했다. 트롤망 압착기에 왼손을 잃은 전직 어부 에드몽은 남은 손을 들고서 조상들의 머리를 걸고 학생들에게 위스키를 팔지 않았으며, 그 아이들이 그걸 훔쳤을 거라고 맹세했다. 얼마 후 몇몇 증인들은 두 아이가 '올드 네이비Old Navy' 주변을 배회하더라고 떠올렸다. 판사는 그날 저녁 당장 그곳으로 갔다.

술집 주인은 두 소녀에게 술을 몇 잔 따라주었다는 건 인정했지만, 그 아이들이 성인인 줄 알았다고 주장했으며, 사춘기 이전의 롤리타들에게 '영국 창녀들'처럼 보이게 하는 옷을 파는 상인들에 항의하는 독창적인 방어 전략을 펼쳤다. 이 불행한 언급만 하지 않았더라도 그는 훨씬 가

노숙 인생

벼운 처벌을 받았을 것이다. 판사는 그에게 4개월 형을 선고했다. 선고의 죄목은 다음날 조간신문에 실렸고, 거기서 말레이그 주민들은 G. H.가 "미성년자에게 술을 판매하고 폭음을 교사한" 혐의로 유죄 판결을 받았다는 사실을 알게 되었다.

몇 달 뒤, 세인트 존스 컬리지의 두 남학생, 쌍둥이 피터와 헨리 반스가 지리 선생에게 불쾌하게 행동하지 않았더라면 이 이야기는 이대로 남게 되었을 것이다.

그들은 교장실로 불려갔고, 거기서 다짜고짜 책상 위에 앉았다가 마호가니 자로 손가락 끝을 두 대 얻어맞고는 정신을 좀 차렸다. 숙취에는 영국식 교육보다 나은 게 없다. 3일간의 지역사회 봉사 처벌을 이행하는 동안 학생들은 잔디 깎는 일에 익숙해졌는데, 영국 정원 예술에서 잔디 깎기는 프랑스 정원 가꾸기에서 회양목 깎기와 맞먹는 일이었다. 그러나 두 형제는 처벌을 받고도 그리 충격받지 않은 것 같았다. 처벌이 끝난 다음 날에도 그들은 시큼한 숨결에 번들거리는 입술로 음란한 말들을 내뱉으며 학교로 돌아갔으니 말이다.

술은 북유럽 사람들의 안색을 망가뜨린다. 술은 지나치

게 하얀 피부에 얼룩덜룩한 붉은 반점을 낳고, 얼굴을 후줄근하게, 이미 창백한 눈길을 더 흐리게 만든다. 반스 가족은 각진 머리와 하역 인부 같은 목에 얼굴이 붉은 거구들이었다. 그들은 너무 빨리 자랐다. 그들의 내분비 림프절이 몸과 조화를 이루지 못해서 사지가 제멋대로 자랐다. 움직이는 것도 어설펐고, 음식을 차려놓은 식탁처럼 공간을 차지했다. 술을 마시면 그들의 어설픔은 열 배로 커졌다.

반스 형제의 돌출행동은 그들과 같은 반이고 아버지에게 어울릴 만한 아들로 보일 기회를 놓치는 법이 없는 판사의 큰아들에 의해 판사에게 전해졌다. 판사 케언은 아프가니스탄의 기술에 대한 자신의 존경을 보여줄 기회라고 생각했다. 물라 모하메드 살림 호카니는 바르다크[26]의 자기 은둔지에서 자신의 방식이 이교도 유럽의 서방에 모방자를 낳으리라고는 상상도 하지 못했을 것이다.

탈레반 모험 동안 이 초정통파 파슈툰인은 **악덕을 저지하고 미덕을 장려하는** 직무를 맡았다. 이 아프가니스탄인

---

26) 아프가니스탄의 34개 주 중 하나.

은 대단히 정교한 혈중알코올농도 검사 시스템을 도입했다. 길에서 붙들린 행인들은 자신의 절주를 증명하기 위해 탈레반들의 얼굴에 입김을 불어야만 했다. 이 방법은 급진적이지만 한계가 있었다. 검사관들이 위반자를 색출하려면 범법행위의 냄새를 알고 있어야 했기 때문이다. 그런데 많은 탈레반이 스카치나 진 또는 심지어 페샤와르에서 밀수한 브랜디의 향기를 알지 못했다. 많은 가난한 이들이 말린 살구나 건포도를 과하게 먹었다가 유치장에서 밤을 보내곤 했다.

케언은 다음 날 아침 학교 정문에 서서 오는 학생마다 자기 얼굴에 입김을 불라고 요구했다. 그렇게 해서 판사는 학교 오는 길에 질 나쁜 담배를 태운 몇몇 조숙한 흡연자들을 적발했다. 얼마 후 반스 쌍둥이가 도착했다. 그들은 입김을 불 필요조차 없었다. 일 미터 떨어진 곳에서도 악취가 느껴졌기 때문이다. 경비들은 웬 판사가 학교 정문에서 이상한 짓을 하고 있다고 교장에게 알렸고, 법복을 입은 남자에게 교장 앞에서 해명해달라고 부탁했다. 판사와 교장은 우리가 알고 있는 해명을 주고받았다.

케언은 전술을 바꿔서 근원으로 거슬러 올라갈 마음을

먹었다. 뿌리를 뽑아야만 했다. 그날 저녁 그는 발모랄 길에 있는 반스 일가의 집 문을 두드렸다. 아버지는 고기잡이배를 타고 페로 제도 앞바다에 나가 있었다. 어머니는 저기압을 예고한 해상 날씨에 귀를 쫑긋 세우고 걱정하고 있었다. 쌍둥이는 방에서 숙제를 하고 있었다. 판사는 단도직입적으로 말했다.

– 부인, 당신 아들들이 술을 마십니다!

– 압니다, 판사님. 어머니가 말했다.

– 공급을 차단해야 합니다. 판사가 말했다.

– 판사님은 어미가 제 자식들을 썩게 내버려 둔다고 의심하시는 겁니까?

– 이건 수사입니다. 반스 부인, 무엇 하나도 소홀히 해서는 안 되죠.

– 나가세요!

판사는 마을을 캐고 다녔다. 늙은 에드몽을 심문하고, 그를 시켜 식료품 가게 근처에서 염탐하게 했다. '올드 네이비'의 주인은 복역을 마치고 나와 가게를 다시 열었다. 판사는 선술집 맞은편에 자리 잡고 그곳을 드나드는 손님들을 감시했다. 그러나 그 도박장은 단골들 말고는 다른 무엇도 어둠 속에 토해내지 않았다. 은퇴한 어부들과 전장에서 돌아온 선원들은 짠맛을 몰트에 녹였고, 다트를 성마르게 던져 코르크 과녁을 맞히며 시시한 삶에 복수했다. 쌍둥이는 그곳에 없었다.

케언은 학교로 돌아가 반스 형제를 일주일 내내 뒤쫓았다. 그의 실망은 컸다. 피터와 헨리는 스코틀랜드 학생들의 지루한 일상을 살았다. 그렇지만 그들의 거동을 보면 의심할 바 없었다. 분명히 술을 마시고 있었다.

다음 토요일, 반스 쌍둥이는 동이 트자마자 자전거를 타고 마을을 떠났다. 판사 케언의 회색 볼보 자동차가 그들을 뒤쫓았다. 그들은 라모슈 다리를 건넜고, 검은 화강암 예수 수난상에서 애들러버리 호수를 향해 북쪽으로 접어들었다. 도로는 메마른 돌벽 사이로 구불구불 이어졌다. 핸들을 잡고 있으면 좁은 회랑 속을 달리는 느낌이 들었고, 차의 양 측면이 긁히지 않으려면 커브길에서 조심해야 했다. 양떼들이 샐러드 위에 얹힌 삶은 달걀처럼 풀밭에 앉아 있었다. 안개비가 은빛 막으로 양떼들 몸의 기름기를 뒤덮었다. 까마귀들이 하늘에 평행선을 긋고 있었다. 도로는 이탄 지대 속으로 꼬불꼬불 이어지다가 해안선과 만났고, 절벽을 따라가다가 절벽에서 멀어지더니 허공을 스칠 듯 다시 절벽과 만났다. 쌍둥이는 낭떠러지 끝에 세워진 작은 오두막집 앞에 멈춰 섰다. 그들은 집 앞에 자전거를 세워두었다. 접시꽃들이 니스칠 된 나무문 이쪽저쪽에서 흥겹게 보초를 서고 있었다.

녀석들이 여기서 물자를 조달했을까? 판사 케언은 그 집의 주인을 아주 잘 알았다. 거의 노인이 된 노처녀 미스 말로리였는데, 그녀의 동생이 1924년에 에베레스트 정상에 올랐다는 말에 불행히도 귀를 기울였다가는 몇 시간이고 얘기를 들어야만 했다. 판사는 자동차를 세우고 다가갔다. 창문 너머로 식탁에 앉은 쌍둥이가 보였다. 노파는 아이들에게 마실 차를 내주었다. 그가 잘못 짚은 것이다.

그는 오두막 맞은편에 차를 세우고 쌍둥이가 나올 때까지 한 시간을 기다렸다.

쌍둥이는 북풍을 맞고 페달을 힘껏 밟으며 다시 떠났다. 햇살 한 줄기가 바다와 잉크빛 하늘 사이로 지평선을 비추었다. 쌍둥이는 절벽 아래쪽 2백 미터에 자리한 글라스톤 내포로 이어지는 검은 이탄 길로 꺾어 해안을 향해 갔다. 한때 픽트족 조난자들에게 알려졌던 들쭉날쭉한 해

노숙 인생

안이었다. 접근하기가 어려워 찾아오는 사람이 없어서 잊힌 작은 자갈 해변이 절벽 아래로 펼쳐졌다. 말레이그 인근의 딩글과 갈로크 해변은 부드러운 곡선을 그리고 있어 글래스고우의 주민들까지 그들 쪽으로 끌어들였다. 글라스톤의 검은 암벽에 관심을 보이는 건 수송나물을 먹는 사람들, 조류학회 회원들, 일부 등산객들뿐이었다. 판사는 쌍둥이의 형체가 땅의 주름 속으로 사라질 때까지 길을 지나쳤다가 교차점에서 후진해서 볼보를 세운 뒤 걸어서 길로 접어들었다.

풀마갈매기들이 쏟아지는 파도 위에서 파도타기를 하고 있었다. 예전에는 절벽 꼭대기에 불이 켜져 있어 선원들이 암초로 몰려들기도 했다. 지금은 미나리과 식물의 희끄무레한 별 모양만 돌풍 속에 흔들리고 있었다. 검은 가마우지들이 목이 떨어질 듯 물거품을 스치며 수면 위를 날았다. 폭풍우가 다가오고 있었다. 황야는 음산했다. 길은 오솔길로 좁아졌다. 판사는 파초 더미에 내동댕이쳐둔 자전거들에 발이 걸렸다. 침식으로 패인 작은 해안 계곡이 거대한 발판처럼 내포로 이어졌다. 판사는 미끄러지지 않으려고 거미줄처럼 뒤엉긴 수송나물을 붙들었다. 모래사장에 이르기까지 오랜 시간이 걸렸다.

그가 선 자리에서는 바위 위에 던져놓은 쌍둥이의 옷 무더기 말고는 아무것도 보이지 않았다. 판사가 물가로 다가갔을 때 형제들이 수면에 나타났다. 파도가 자갈 위로 몰려왔다. 케언 경은 흙더미 뒤로 몸을 숨겼다. 형제들은 잠수복, 마스크, 오리발을 벗어 바위틈에 숨겨둔 선원 가방 속에 쑤셔 넣었고, 다시 옷을 입었다. 서쪽에서 불어오는 바람이 내포로 몰려왔기 때문이다. 돌풍은 절벽까지 거품을 내뿜는 파도 능선을 물어뜯고 있었다.

– 건배, 피터!

– 용감한 선장들을 위하여!

– 떠나자!

쌍둥이는 4분의 1리터짜리 금속 잔을 부딪쳤고, 단숨에 비우고 다시 따랐다. 두 형제는 해치우려고 작심한 듯, 납작하면서 목이 길고 가운데가 불룩한 검은 유리병을 들고 흔들었다. 아이들이 잔을 가득 채웠을 때 판사가 숨은 곳에서 나오며 말했다.

– 학생들, 이제 끝났어.

이렇게 해서 고고학자들은 '벤다 II'호의 흔적을 발견하게 되었다. 이 8백 톤급 네덜란드 배는 1764년 11월 어느 날 인도네시아 향신료와 5백 병의 바베이도스 럼주를 싣고 오크니 제도를 향해 미델뷔르흐 항구를 떠났는데, 이너헤브리디스 제도의 미궁 속에서 길을 잃었고, 글렌말크의 배신자들이 약탈하려고 지른 불에 타고, 글라스톤의 암초에 부딪혀 폭발하면서 광포하게 고삐 풀린 물속으로 127명의 선원과 화물을 빠뜨리며 12미터 바닥에 가라앉았는데, 3세기가 지나 황무지 해적의 후손인 말레이그의 두 청년이 숨을 참고 잠수해 바다 밑 단층 속에 박힌 재고품을 고스란히 발견한 것이다.

쌍둥이 형제는 일 년 동안이나 용맹한 선원들을 기렸고, 난파선의 암초에서 건진 200년 된 럼주로 헌주하며 불운에 대해 묵상했다.

미립자

    나의 이야기는 비장하다. 최근에 나는 파슈마티 사원의 화장 광장에서 어느 브라만의 몸을 떠났다. 불길은 저녁에 하늘 높이 솟구쳤고, 그 그림자는 가족이 눈물을 흘리는 가운데 바그마티 강물 위에서 춤을 추었다. 나는 화염에서 뜨거운 대기와 살이 타는 악취 속으로 수직으로 치솟았다. 그렇게 별까지 올라갔지만, 밤의 미풍이 나를 강 수면으로 다시 떨어뜨렸다. 나는 바그마티 강의 걸쭉한 물속으로, 인간들이 영혼을 정화하려고 몸을 담그는 진흙 띠 속으로 빠졌다. 그리고 충적토와 쓰레기가 뒤섞여 구분되지 않는 물속에서 갠지스강까지 굴러갔다. 그러다 강물 속에서 농어 아가미에 걸려들었다. 그렇게 아가미의

노숙 인생

핏빛 레이스 대성당 속에 몇 시간 머물렀다. 물고기는 두 물 사이, 햇빛 얼룩 속에서 빈둥거렸다. 메기 한 마리가 깊은 곳에서 불쑥 튀어나와 농어를 집어삼켰다. 나는 메기의 살 속, 등뼈 가까이에 박혔다. 그 물고기 몸속에서 더불어 수백 킬로미터를 항해했다. 메기는 먹이를 찾아 쉬지 않고 헤엄쳤다. 그러다가 어느 어부의 그물 속에서 여정을 끝냈고, 나는 물고기가 오래도록 구워지는 불 위에서 불길의 어루만짐을 다시 한번 느꼈다. 그러다 어린 소녀의 이빨이 구워진 살을 찢었고, 나는 소녀 몸속으로 들어가 그녀의 조직 속에 박혔다. 대체 이 무슨 경주인가! 소녀는 수확 작업에 고용되어 온종일 차 농장의 고랑 사이를 오갔고, 뜨개질하듯 손가락으로 찻잎을 땄다. 차 묘목의 청동빛이 도는 초록색 식탁보 위를 여자들의 사리가 알록달록 수놓았다. 여자들 가운데에서 긴 몽둥이로 무장한 경비들이 표범의 공격에 대비해 지키고 있었다. 그 맹수들은 차나무 덤불 그늘에 납작 엎드려있다가 수시로 여자 노동자들을 공격했다. 그날 아침엔 아무도 짐승을 보지 못했는데, 짐승의 턱뼈가 찻잎 따는 내 소녀의 목을 물어뜯었다. 소녀의 흐느낌은 실랑거리는 바람 소리에 묻혔다. 짐승은 그 자리에서 소녀를 집어삼켰다. 나는 어린 불가촉천민의 가녀린 내면을 떠나 맹수의 근육질 섬유 속으로 들어갔다. 어느 날 아침, 한 방의 총소리가 안개를 찢었다. 옆구리를 맞은 표범은 3분 동안 달려 언덕 비탈로 올랐고, 거기서 죽었다. 맹수의 몸은 덤불 속에 가려진 채 부패했다. 사냥꾼이 짐승을 찾지 못한 것이다. 곤충과 썩은 고기를 먹는 새 무리가 썩은 고기를 두고 다투었다. 나는 새 앞날개의 키틴질 속에서 해체될 시간을 갖지 못했다. 장마가 닥쳐서 부리와 턱이 미처 삼키지 못한 것들을 물이 휩쓸어갔기 때문이다. 나는 바닥을 뒤덮은 물에 섞여 작물들 쪽으로 흘러갔고, 땅에 흡수되었다. 그곳은 따뜻했다. 나는 모래와 진흙 알갱이들 사이로 스며들었다. 어느 관목의 잔뿌리가 나를 빨아들이더니 가지 속으로 내던졌다. 수액에 빨려 들어간 나는 어느 나뭇잎의 잎맥 속으로 주입되었다. 그렇게 나는 벵갈의 어느 차나무의 엽록소 흐름에 갇혔다. 다음 해 수확이 나를 해방했다. 해방은 짧은 착각이었다. 나는 헝겊 자루에 갇혔다가, 어느 제조사의 건조통에 갇혔고, 마지막으로 수출용 얼그레이 상자에 갇혔다. 상자는 석 달 동안 영국 플리머스의 어느 식

노숙 인생

료품 가게 진열대에 머물렀다. 어느 손님이 그걸 샀고, 뚜껑이 열렸다. 어느 콧구멍이 차 향기를 맡았다. 뜨거운 폭포가 도자기 찻잔 속에 작은 소용돌이를 일으켰고, 우유의 버섯구름이 찻잔 속에서 폭발했다. 나는 어느 영국인 청년의 기관지 속으로 흘러 들어가 그의 육신 속에서 피어났다. 청년은 그날 저녁 비행기를 타고 인도로 갔고, 8시간 비행 뒤 델리 공항에서 젊은 여자를 만났고, 호텔방의 내밀한 공간에 들어서자마자 그녀를 포옹하며 조급한 마음을 드러냈다. 장마철 밤의 습기 속에서 나는 젊은 여성에게로 건너갔고, 그녀의 유기체 속에 정착했다. 일주일 동안 나는 장구한 신진대사 회로를 거쳤다. 그리고 올드-델리 군사병원에서 수혈되는 동안, 나는 젊은 여성이 헌혈을 통해 구한 인도의 어린 혈우병 환자의 혈관 속으로 주입되었다. 아이는 치유되었다. 아이는 나를 품은 채 성장했다.

그는 행복한 삶을 산 브라만이었다. 하지만 오늘 아침 죽어서 바흐마티 강가에 자리한 파슈파티 사원의 화장장으로 옮겨졌다. 그리고 나는 화형대의 불길이 타오르는 걸 벌써 느낀다.

보잘것없는 미립자요, 무명의 세포요, 가련한 원자 먼지인 내가 하늘의 신들께 애원하니 부디 휴식을 내려주시길, 저를 윤회의 고리에서 해방해 무無에 이르게 해주시길….

섬

　머리가 바위만큼 단단한 말레이시아인 외에 누구도 난파를 기억하지 못했다. 태풍은 쌍돛대 범선 산타마리아 호를 섬 해안 쪽으로 밀어냈다. 태평양에서 최근 들어 가장 격렬한 폭풍우였다. 선장은 배에 대한 통제력을 잃었고, 돌풍은 제노바의 배를 산산조각냈다. 선원들이 해안으로 밀려가기까지 오랜 시간이 걸렸다. 선체가 앞머리부터 가라앉기 시작해 암초에 부딪혔을 때 이아노스 로트카 교수―헝가리의 유명 출판인이자 부다페스트 지리학회 회원이며 중앙 유럽의 여러 밀교 모임의 수장인―는 간이침대에 누운 채 나무가 삐걱거리는 소리가 뼈 부러지는 소리를 닮았다고 생각했다. 그는 발라톤 호수에서 스케이트를 타다가 정강이뼈가 부러진 적이 있었는데, 그때도 머릿속에서 똑같이 음산한 메아리가 울렸었다.

말레이시아인이 가장 먼저 정신이 들었다. 그는 우연히 끼어들게 되어 사라왁 해안에서 태평양 기슭의 멕시코 항구 F…까지 가게 된 선원이었다. 쌍돛대 범선에는 그와 같은 사람이 열다섯 명 있었는데, 한밤중에 허름한 술집 문 앞에서 뭔가를 섞은 위스키 한 잔을 내밀며 노예계약에 서명하도록 취객들을 몰아세우는 호객꾼에게 홀려 제 운명을 선창에서 도박장으로 끌고 다니게 된 슬픈 뱃사람들이었다. 그들은 아침에 기억이 텅 빈 상태로 선원 유니폼을 입은 채 배 위에서 깨어났고, 돌아갈 희망도 없이 신보다 더 강력한 선장의 명령에 복종해야만 했는데, 선장의 벼락은 채찍질과 함께 쏟아졌다.

모래밭에 누운 채 말레이시아인이 눈을 떴다. 흩어진 기억들이 두통의 안개 속에 표류하더니 하나씩 서서히 합쳐졌다. 이미지들이 형성되고, 장면들이 재구성되었다. 태풍, 칠흑 같은 밤, 하얀 대양, 사람들의 비명, 돌풍 속에 울부짖는 명령들. 그는 꼼짝 않고 하늘을 바라보았다. 날씨는 화창했고, 태양은 빛났다. 빛이 따가웠다.

노숙 인생

그는 일어났다. 나무 잔해들, 뱃속을 드러낸 궤짝들, 들보들, 너덜너덜한 돛이 모래사장 여기저기에 얼룩처럼 남아 있었다. 그는 잔해들을 뒤졌다. 쌍돛대 범선은 오스트레일리아로 화물을 수송하던 중이었다. 이 횡단이 이루어졌다면 선원들은 한몫 제대로 챙겼을 것이다. 적어도 두 달 동안 아델라이드 위스키를 마실 수 있을 만큼. 그러나 하늘의 뜻은 달랐다. 말레이시아인은 구할 수 있는 게 있는지 살폈고, 파도에 밀려온 시신들에도 관심을 기울였다.

선원 열다섯 명 가운데 살아남은 자는 항해에 관해 아무것도 모르던 쓰촨성 출신의 중국인 농부 한 명, 제 손으로 밧줄을 한 번도 잡아본 적 없는 블라디보스톡 출신 러시아인 한 명, 선장이 발파라이소의 경찰서 유치장에서 꺼내온 우크라이나 유대인 한 명, 자신이 테살로니아 오페라단의 제1바이올린 연주자라고 주장하던 그리스 선원 한 명, 그리고 생말로 출신의 열여덟 살 브르타뉴인 한 명뿐이었다. 선장과 다른 선원들은 흔적조차 없었다.

로트카 교수는 모래밭에 쓰러져 있었는데, 살아 있었다. 그는 며칠 전에 F…에서 태평양을 횡단하려고 배에 올랐다. 그 시절의 선장들은 상부 갑판에 있는 가장 좋은 선실들을 비워서 여객선의 나른한 안락함보다 화물선에서의 삶을 선호하는 인내심 있는 여행객들에게 빌려주곤 했다. 이 헝가리인은 독일 과학자 포크 폰 G…와 함께 최근까지 안데스산맥에 체류했었다. 두 사람은 봄에 페루 산맥의 서쪽 측면을 함께 탐험했는데, 로트카는 이 독일인의 이야기를 책으로 출간할 궁리를 하고 있었다.

말레이시아인은 헝가리인이 일어나도록 도왔다. 로트카는 몸무게가 120킬로쯤 나갔다. 그는 해안가로 몇 걸음을 걸었다. 걷다가 굴렀다. 그가 속한 종족 특유의 눈이 돋보였다. 몽고인의 아몬드처럼 갸름하게 뚫린 눈 속에서 푸스타[27] 하늘의 강철 같은 푸른빛이 반짝였다. 남자들이 차례로 의식을 되찾았다. 파도가 밀려오고, 다시 밀려왔다. 파도가 숨 쉬는 소리와 물새들의 외침이 들렸다.

그들은 함께 서쪽 끝 해변이 내려다보이는 바위 위로 올라갔다. 섬은 무인도였고, 반경 12킬로미터를 넘지 않았다. 산호띠는 해수면 위로 3미터쯤 올라와 있었다. 30미터 높이의 현무암 절벽이 유일한 돌출부였다. 종려나

---

27) 헝가리의 온대 초원.

무 숲이 바람을 쓸고 있었다. 흰 가마우지들이 하늘에 맴돌았고, 오렌지색 게들이 파도를 향해 기어갔다. 게들은 조금만 그림자가 다가와도 바위 밑으로 숨었다. 이뿐이었다.

말레이시아인 혼자만 말했다. 그는 중국어로 쓰촨 사람을 향해 이렇게 말했다.

– 내 생각엔 우리가 여기서 죽을 것 같아.

남자들은 밀려온 물자를 끌어모았다. 드럼통들이 토해낸 비스킷과 와인, 훈제청어가 그날 저녁 식사가 되었다. 그들은 묵묵히 저녁을 먹었다. 모두 음울한 생각을 곱씹었다.

폭우가 쏟아졌다. 그들은 절벽 아래로 갔다. 해가 지기 전 마지막 빛에 그리스인이 바위 안쪽에 뚫린 천연동굴을 발견했다. 그들은 밤을 보내기 위해 그곳에 은신했다.

이어지는 며칠은 현무암 둥지들을 정비하는 일에 몰두했다. 자리를 배분하기가 쉽지 않았다. 훨씬 널찍한 자리도 있어서 결국 제비뽑기로 정하기로 했다. 이아노스 로트카는 운이 좋았다. 가장 좋은 자리를 차지했다. 그곳에서는 서 있을 수도 있었고, 바닥에 고운 모래까지 깔려 있었다.

저마다 자기 동굴 속에 바다가 돌려준 개인 물자들을 가져다 놓았다. 나머지—공동 물자, 나무, 돛, 연장, 항해 도구, 수십 개의 초와 사라진 선원들의 것이었던 사소한 물건들—는 어느 하루에 공평하게 분배되었는데, 분배가 난투극으로 변하지 않은 데는 로트카의 권위가 크게 작용했다. 옷가지 틈에서 헝가리인은 자신의 여행용 책들이 담긴 나무함을 찾았다. 그는 그것을 자기 동굴 안쪽까지 가져갔다. 그리고 돌멩이로 자물쇠를 부쉈다. 함 전체에 발라진 송진이 그의 보물을 잘 보호하고 있었다. 동료 중 누구도 헝가리인이 책가방을 가지고 있으리라고 의심하지 않았다. 그의 들뜬 흥분을 누구도 알아차리지 못했다.

몇 달이 지나갔지만 지나가는 배는 없었다. 매일 아침, 순번에 의해 지목된 조난자가 절벽 꼭대기에 자리 잡았고, 매일 저녁 다시 내려오면서 외쳤다.

－아무것도!

"아무것도!"는 서로 다른 여섯 개의 언어로 모두가 말할 수 있고 이해할 수 있는 유일한 말이었다. 어느 날엔 "니체보!"[27]라는 말이 들렸고, 또 어느 날엔 "메이오"[28]라는 말이 들렸는데, 그것이 같은 의미라는 건 모두가 알았다.

노숙 인생

그들이 하룻밤 더 망각의 물가에 좌초했다는 뜻이었다.

에스파냐어가 섬의 공식 언어로 공표되었다. 모두가 에스파냐어를 이해할 만큼 멕시코 선박의 갑판 위에서 상당한 시간 동안 일한 것이다. 로트카는 피사로와 코르테스에 관한 책을 출간할 정도로 이 언어를 잘 알았다. 섬에는 에스페란자라는 이름을 붙였다.

생존 계획을 세워야만 했다. 난파에서 구조된 비축품은 빨리 동이 났다. 하지만 섬은 그들이 언뜻 상상한 것보다 훨씬 많은 자원을 제공했다. 말린 해초와 야자나무의 라피아는 연료를 제공했다. 바위 둥지 앞에 저마다 제 아궁이를 갖췄다. 그리고 게를 잡았다. 러시아인은 바위의 단층 속에서 도마뱀들을 덫으로 잡는 재주가 탁월했다. 그들은 떼를 지은 가마우지를 기습하기도 했다. 어떤 때는 둥지를 약탈하려 했고, 어떤 때는 작살로 새를 잡으려 했다. 일상적인 비로 쏟아지는 하늘의 물을 모으기 위해 돛

---

28) 러시아어.
29) 중국어.

도 펼쳤다. 코코넛도 수확했다. 말레이시아인은 드럼통들이 토해낸 투망 그물을 써서 물고기를 잡기도 했다.

배를 건조하려는 희망은 금세 사라졌다. 야자수 나무는 흡족할 만한 부력을 제공하지 않았다. 태평양의 물거품이 환상 산호초를 울타리처럼 에워싸고 있었다. 암초를 어떻게 넘어설까?

수염은 자랐고, 피부는 그을었다. 비가 내리면 수평선이 엷어졌다. 중국인의 턱에 머리카락처럼 제멋대로 난 세 가닥 털은 시간이 하루하루 실타래를 감고 있다는 느낌을 주었다.

세 번째 주부터 생존과 관계된 문제들은 해결되었다. 저항력과 실용적인 재주, 세계 곳곳의 하늘 밑에서 단련된 강인한 성격 덕에 그들은 역경을 이겨낼 수 있었다. 저마다 배고플 때 먹을 수 있었고, 심지어 비축까지 할 수 있었다.

수평선은 언제나 비어 있었다.

생존을 위한 궂은일이 유일한 활동이 되었다. 거대한 구름이 가로지르는 수평선을 살피는 일은 이 행동가들에게는 그리 도움이 되지 않았다.

노숙 인생

이들의 마음속에 권태가 생겨났다. 그들은 시간의 적도무풍대에 갇혀 있었다. 일 분 일 분이 고요한 파도에 휩쓸리는 빈 조개껍질처럼 흘러갔다. 난파는 그들을 세상의 흐름에서 배제했고, 생존은 그들을 시간의 흐름에서 빼냈다. 마침내 태평양에 밤이 내리면, 하루가 그들에게는 한 달처럼 길게 느껴졌다.

러시아인과 그리스인은 걷는 노고 속에 메스꺼움을 녹여버릴 희망을 품고 매일 환상산호초를 한 바퀴 돌려고 억지로 애썼다. 그것은 우리 속에서 백 걸음을 걷는 일이었다. 모두가 칼로 그들의 천 번째 게딱지를 장식했을 때, 그들은 자신들이 부딪친 진짜 암초는 권태라는 것을 깨달았다. 절망은 괴혈병보다 더 확실하게 유기체를 갉아먹는다.

로트카는 시들지 않았다. 그는 영원한 미소를 과시하고 다녔다. 섬이 그에게는 유익해 보였다. 그는 살이 빠지고 있었다. 대신 근육들이 부풀었다. 그는 생각에 잠긴 채 평온해 보였다. 때때로 그는 어떤 문장들을 웅얼거렸고, 그의 눈은 반짝였다. 모래밭에서 그를 보는 일은 드물었다. 그는 제 할 일을 이행했고, 끝내자마자 자기 둥지로 돌아가 해가 질 때까지 한 번도 나오지 않았다.

그들은 불가침의 규칙 하나를 정했다. 사생활을 절대 침범하지 않기로 맹세한 것이다. 평온은 지고의 가치로 선언되었다. 동굴에서는 누구도 요청을 받지 않고는 서로를 방문하지 않았고, 서로 할 얘기가 있으면 바깥에서 하곤 했다. 야만적인 살해를 지켜본 이 뱃사람들은 가까운 사람을 죽이고 싶은 욕구가 잡거생활에서 생겨난다는 걸 알았다. 타인이 지옥이 아니라 타인들이 너무 가까이 살 때가 지옥이다. 그런데, 각자의 동굴은 충분히 떨어져 있어서 절대 서로 마주칠 수 없었다. 더구나 저마다 자갈을 쌓아 만든 벽 위에 말린 종려나무잎을 올려 자기 동굴 입구를 막아 두었다.

어느 날 저녁, 로트카가 동료들을 나무 밑으로 불렀다. 태양은 진홍빛 하늘에서 저물고 있었다. 낮의 열기로 몸들은 잔뜩 달궈져 있었다. 습기 때문이었을까? 이날, 산타마리아 호의 사내들은 그 어느 때보다 시간의 아교가 하루의 시간들을 붙들어 매고 있다고 느꼈다. 로트카는 구멍 뚫린 코코넛 속에 촛불을 켰다. 그가 말을 시작했다.

－내 주변에 앉아봐.

그는 원 한가운데에 자리 잡고 흰고래 때문에 미쳐버린

노숙 인생

어느 선장 이야기를 했다. 그는 폭풍우며 위험한 대양을 가로지르는 항해며 산처럼 거대한 바다 괴물들과 맞서 싸운 어부들의 전투를 묘사했다. 자기 환영에 사로잡힌 늙은 뱃사람의 목소리도 흉내 냈다. 그가 말을 멈췄을 때는 이미 깊은 밤이었다. 초의 불빛이 그의 얼굴 위에서 춤추듯 일렁였다.

– 매일 저녁 내가 이야기를 하나씩 들려주지.

남자들은 침묵을 지켰다. 파도가 무심하게 몰려와 부서졌다. 러시아인이 일어서더니 헝가리인의 어깨에 손을 얹고 중얼거렸다. "고마워." 그리고 모두가 일어나며 똑같은 말을 했다.

다음 날 저녁에는 뜨거운 바다와 신비로운 항구들을 떠도는 신드바드라는 이름의 젊은 선원 이야기를 들려주었다. 그다음 날 저녁, 로트카는 끝내려면 며칠이 걸리는 이야기 한 편을 시작했다. 사막과 초원을 가로질러 중국까지 다녀온 베네치아 상인 마르코의 모험 이야기였다. 그런 다음 그는 동료들을 황금문 쪽으로 데려갔고, 1001일 동안 동양의 숨결을 맛보게 해줄 이야기를 충분히 알고 있다고 그들에게 알렸다. 한 번은 새벽이 되어서야 이야기를 중단했는데, 2백50명의 포르투갈 선원들이 선장을 따라 세계 일주 항해를 떠났다가 선장을 잃고 열여덟 명만이 항구로 돌아온 이야기였다.

매일 저녁 기적이 거듭 일어났다. 로트카는 말의 마법을 통해 사람들의 마음속 스크린에 낯선 나라들의 광경을 투사했다. 운명에 용감히 맞서는 영웅들이 가로지르고, 눈에 먹색 섀도우를 바른 여자들이 사는 곳이었다. 말의 곡예사인 로트카는 생명을 주고 빼앗았으며, 군대를 일으켰고, 침실을 부수었으며, 성을 세웠고, 도시들을 불태웠다.

남자들은 탐욕스레 이야기에 귀를 기울였다. 헝가리인이 입을 다물면, 모래밭에 나른하게 누운 몸들의 껍데기 속으로 생각이 돌아오기까지 긴 시간이 필요했다.

섬의 삶이 달라졌다. 밤마다 로트카의 이야기들이 조난자들의 꿈속으로 스며들었다. 이야기들은 낮 동안에도 계속 활약해서 그들의 대화를 채웠다. 이야기 속 인물들이 사람들의 머리를 가득 채웠다. 때때로 선원들은 무리 지어 모래사장을 걸었고, 전날 들었던 이야기에 대해 논평하거나 줄거리를 이해하려고 애썼다. 로트카의 이야기들은 가마우지 알, 코코넛 우유, 게살만큼이나 꼭 필요한 양

노숙 인생

분이 되었다.

그들의 눈에 이제 헝가리인은 상부 갑판의 선실을 빌렸던 기이한 학자, 선원의 일상을 공유하지 못하는 문명화된 도시인이 아니었다. 그의 상상력이 매일 저녁 새로운 영웅들을 지어내고, 새 장면들을 배치하고, 그토록 복잡한 플롯들을 쌓아올릴 수 있다는 것이 그들에게는 경이로워 보였다. 마자르인이 권태를 이겼다! 무無에 맞선 그 승리에 대한 보답으로 남자들은 그를 숭배했다. 고독에 풍화된 조난자들 사이에서 로트카는 반신의 경지에 올랐다.

헝가리인은 한낱 꼭두각시 조종자요, 사가를 들려주는 음유시인이요, 이야기의 사공일 뿐이었는데, 뱃사람들은 그를 조물주로 여겼다. 그는 밤샘을 위해 태어난 사람이었는데, 사람들은 그가 하늘과 이어져 있다고 믿었다. 그의 자리는 난롯가 이야기꾼의 의자 위였는데, 그들은 그를 좌대 위에 올려놓았다.

고대 시대에 마법사 계급은 이런 식으로 탄생했다. 집단의 일원들은 가장 상상력이 뛰어난 자에게 굴복했다.

로트카는 딱히 상황을 이용하고 싶진 않았지만, 은쟁반을 거부하기란 어렵다. 어떤 예언자가 신도들에게 자신은 이야기를 꾸며내는 자일 뿐이라고 자백하는 걸 본 적이 있는가? 그는 결코 자기 궤짝 속 책들에 대해 언급하지 않았고, 사람들이 그를 우러러보도록 내버려 두었다. 사람들은 그에게 모든 노동을 면제해주었다. 조난자들은 번갈아가며 매일 그의 동굴 앞에 최고의 먹을거리를 가져다 놓았고, 그의 빗물도 갈아주었다. 그들은 그에게 가장 즙이 많은 코코넛을 남겨주었다. 그는 칼, 돛, 못, 연장, 심지어 중국인이 온전한 상태로 찾아낸 담뱃갑까지 받았다. 사람들은 그의 욕망을 앞질러 짐작했고, 명령을 바랐다. 어느 날 그가 상어 지느러미를 맛보고 싶다는 바람을 발설하자 모두가 단도와 작살을 들고 함수호 속으로 뛰어들었다. 우상을 위해서라면 뭐라도 지나치지 않았다.

수염들이 자랐다. 1년, 그리고 2년이 비로 씻긴 하늘 아래 느릿느릿 흘러갔다. 매일 저녁, 야자나무 숲 지붕 밑에서 희미한 빛은 조난자들 무리에서 중심별의 구실을 했다. 로트카가 와서 자리를 잡기 한참 전부터 원은 만들어졌다. 구루의 아우라는 시들지 않았다. 동료들에 미치는 그의 영향력은 심지어 세월이 갈수록 공고해졌다. 선원들

　　　　　　　　　　　　　노숙 인생

은 창조적 원천이 고갈되지 않는 것에 놀랐다.

세 번째 장마철에 로트카는 불면으로 괴로워했다. 촛불 아래에서 이루어지는 독서와 책이 빠뜨리는 흥분상태, 언젠가 책이 떨어지는 날이 오리라는 불안이 그의 머릿속에서 격심한 폭풍을 일으켰다.

이날 밤, 그는 스스로 음악가의 운명을 타고났다고 생각한 어느 천재에 관한 독일 이야기들을 새벽까지 다시 읽었다. 그중 한 편을 다음날 사람들에게 이야기할 생각이었다. 그는 잠들려고 애썼지만 잠을 이루지 못했고, 동이 틀 무렵에야 말린 해초를 잔뜩 깐 돛 매트리스 위에 쓰러졌다. 정오 때도 그는 자고 있었다.

오후 2시에 불안해진 사람들이 정찰을 위해 중국인을 보냈다. 중국인은 로트카의 동굴로 다가갔다. 그는 조용히 불렀다. 그리고 울타리 너머로 들여다보았다. 그런데 마른 그물 너머로 아무것도 보이지 않았다. 그는 조심스레 종려나무잎들을 들추고 고개를 들이밀었다. 둥지는 양초 빛에 잠겨 있었다. 헝가리인은 조용히 코를 골고 있었다. 중국인은 그 광경을 견딜 수 없었다. 그래서 고양이 같은 동작으로 소리 없이 라피아 야자수를 내리고 다른 사람들을 데리러 달려갔다.

10분 뒤, 에스페란자 섬의 조난자 여섯 명이 헝가리인의 동굴로 난입했다. 로트카는 책 한가운데에 잠들어 있었다. 책 몇 권은 모래 위에 뒹굴고 있었고, 몇 권은 동굴 안쪽 벽에 무더기로 던져져 있었으며, 또 몇 권은 가지런히 쌓여 있었다. 가방은 열린 채 책들을 토해내고 있었다. 한 자루엔 그가 이미 야자나무숲의 밤에 양분으로 제공한 모든 책이 들어 있었다.

내면의 불길이 밝혀주는 인물이라고 믿었던 사람, 달변이라는 마법의 지팡이로 세상의 무대 위에서 제 인물들을 춤추게 하는 주인, 그들이 천재로 우상화했던 그 마법사는 전날 밤에 자신이 소장한 책에서 건진 이야기들을 되뇌었을 뿐인, 한낱 하찮은 독자였다. 제단 위의 자리를 부당하게 찬탈한 사기꾼이었다. 선원들은 협의할 필요조차 없었다.

그들은 그를 붙잡아 환한 곳으로 끌고 갔다. 로트카는 주먹질로 응수했다. 하지만 그의 체격은 남자 여섯을 상대로 자기방어를 하기엔 충분하지 않았다. 그들은 그를 두들겨 팼고, 그는 쓰러졌다.

"그를 태워버리자고!", 말레이시아인이 말했다.

태양이 머리 위에서 이글거렸다. 오후 세 시였고, 헝가리인은 모래밭에 쓰러져 있었다. 그의 귀에서 피가 흘러나왔다. 가마우지들이 하늘에서 울고 있었다. 사형집행의 서막을 알리는 불지옥의 분위기가 압도했다.

그리스인이 절벽을 떠올렸다.

그들은 헝가리인의 몸을 절벽 꼭대기까지 끌고 갔다. 로트카는 사람들이 그를 눕힌 허공 끝에서 정신이 들었다.

– 일어서, 중국인이 말했다.

러시아인이 주먹질로 헝가리인을 허공으로 날렸다.

그의 몸은 한참 휘청거렸다. 그러다 비틀거리더니, 핑 돌았고, 떨어졌다. 그는 30미터 아래 새똥으로 하얗게 변한 바위 위에 떨어졌다. 파도 소리가 충격 소리를 뒤덮었다.

남자들은 꼼짝하지 않았다. 러시아인은 이마를 닦았다. 중국인은 손가락을 꺾어 소리를 냈다. 말레이시아인은 더위에 취한 채 미소를 지었다. 그때 우크라니아인이 곁에 있는 그리스인에게 질문을 던졌다.

– 너 읽을 줄 알아?

그들은 멍한 표정으로 서로를 바라보았다. 한 사람씩

남자들은 고개를 저었다. 하늘에서 갈매기 울음소리가 들렸다. 절벽 밑에서는 회색 게 한 마리가 죽은 자의 살을 꼬집고 있었다. 파도가 모래밭을 후려쳤다.

　권태가 섬의 해안에 다시 뿌리를 내렸다.

크리스마스 트리

"러시아를 제대로 본 사람이면 누구나
다른 어디에서 살아도 행복해할 것이다."
– 아스톨프 드 퀴스틴, 《1839년의 러시아》

적당한 크기의 전나무를 찾는 것이 문제였다.

크리스마스가 다가왔다. 동지가 막 지났다. 나흘 전부터 태양은 북쪽을 향해 연례적 돌격을 개시했다.

기온은 -30도 밑으로 다시 내려갔다. 이틀 전에 내린 눈으로 나뭇가지들이 바닥까지 휘어졌다. 전나무들은 거대한 잔디 덮개를 이고 절을 하는 듯 보였다. 길은 머랭을 두른 슈트루델 과자를 빵삽으로 한쪽 퍼낸 것 같은 모습이었다. 이 이미지들은 그들의 머리에 떠오르지 않았다. 이곳 사람들은 옛날 귀부인들과 어울릴 수 없었고, 그런 비엔나 풍의 제과를 먹을 일이 없었기 때문이다.

나무 숲속으로 빛이 비스듬히 스며들었다. 빛 한 줄기

가 때때로 나뭇가지 사이를 관통해 나무 둥치에 닿거나 얼음 조각을 비추곤 했다. 곳곳에 산토끼며 담비며 여우의 흔적이 눈가루 위에 염주처럼 뒤섞여 전날 밤의 소설을 들려주고 있었다. 공기가 콧속을 파고들어 숨을 크게 들이쉬면 칼날 같은 추위에 점막이 아렸다. 목도리의 모직을 통해 숨을 들이쉬는 것이 최선책이었다. 추위가 영감마저 동강 낸다.

두 남자는 말 없이 나아갔다. 겨울은 정지상태였다. 영하의 기온에 소리마저 얼어붙었다. 부츠가 내는 뽀드득 소리가 들렸다.

─이것 어때?

그들은 어느 전나무 옆에 멈춰서서 나무를 살폈다.

─아니! 너무 커.

그들은 다시 걸었다. 혹독한 추위에는 눈도 무겁지 않아서 아주 가벼운 가루로 변한다. 그들이 걸을 때마다 다이아몬드 가루가 흩날렸다. 두 남자는 도끼를 어깨에 메고 중간 크기의 나무마다 유심히 살폈다.

─이 나무, 나빠 보이지 않는데.

─그래, 그걸로 하자. 한 대만 필까?

그들은 멈춰서서 주머니를 뒤졌다. 그리고 담배에 불을 붙였다. 연기가 완벽하게 직선 기둥을 그리며 올라갔다. 대기에 내뱉은 어떤 숨결도 그 푸른 연기 줄기를 흩트리지 않았다. 추위는 원소들을 무자비한 질서로 얼리며 카오스에 맞선다. -30도가 되면 모든 것이 직선을 그린다. 그들은 한순간 말없이 있다가 그들 말고는 아무도 없다는 걸 확인하고는 대화를 다시 이었다.

– 난 이런 유형의 사회를 절대 비판하지 않을 거야. 서양세계의 번영은 어렵게 싸워서 얻은 거야. 이걸 일구기 위해 많은 사람이 싸웠지. 우리가 이런 형태로 벼리고 물려졌을 때, 그걸 세계 최고의 것이라 여기고 보존하고 확대하려는 건 당연한 거야. 그 대가가 전쟁일지라도.

– 나도 같은 생각이야. 대체 무슨 원칙으로 우리의 행운에 대해 부끄러워해야 하지? 우리는 영혼 구원과 진리 정복에 토대를 둔 종교들을 중시하지 않아? 우리가 왜 육신의 향락과 재산 소유에 기대는 사람들을 멸시해야 하지? 번영과 행복을 도덕으로 확립한 것은 칭찬할 만하다고 생각해.

– 그래! 물질주의는 휴머니즘이야.

– 우리가 스스로 획득한 재산에 대해 부끄러워한다면 기괴한 일이지! 어쨌든, 지상에 천국을 만드는 데 성공했다는 건 우리가 가장 똑똑하다는 뜻이야. 역사상 어떤 부富도 하늘에서 이미 만들어져서 어떤 민족의 입속으로 떨어진 적이 없었어. 카터는 제퍼슨이 세우고 케네디가 끈기 있게 채운 사원의 수호자야.

– 전적으로 그렇지. 그 점에 대해서라면 어쩌면 고르키식 정신생리학 이론을 세울 수 있을지도 몰라. 한 시대의 역사적 조건이 개인들의 정신에 영향을 미쳐서 결국 집단 심리적 색채를 창조한다고 가정해보자고. 혁명의 흐름이, 열병이 뒤흔든 시간이, 건설자들의 충동이나 정복의 충동이 휩쓴 여러 세기가 있었지. 1917년, 1793년, 1848년, 1942년! 이들은 인류의 전기-뇌전도에 발작적 정점들을 찍은 해지. 경제적 번영은 사회에 전반적 무력증을 낳아. 뜨거운 욕조에 앉아 있으면 몸이 나른해지는 것처럼 말이지. 부富는 삶을 쾌적하고 바람직하게, 다시 말해 소중하게 만들어주잖나! 부는 우리가 그걸 지키도록 지휘하지! 그것은 냉소주의, 허무주의, 염세주의, 치명적인 생각의 기슭에서 도드라지는 그 모든 치명적인 이즘에 맞서는 최

노숙 인생

고의 방어벽이야.

　– 정신생리학적 분석을 개인들에게 적용한다 이거지!
인간은 전력을 다해 일할 때 피로를, 걱정을, 그리고 때로
는 불안을 경험하지. 그렇지만 물질적 부를 만들어. 그의
작업의 결실은 수백 만의 다른 작업에 더해지고, 그 합계
는 하나의 산을 이루어 소비자들이 이용할 수 있게 되지.

　– 그래, 그걸 공급이라 부르지, 그래서?

　– 그래서, 그 공급을 생산하는 동안 축적되는 독소들은
구매를 통해 흡수될 수 있지. 제조로 생겨난 부작용을 없
애기 위해 제조한 것을 사는 거야. 알아듣겠나? 노동이 낳
는 불안의 해독제가 바로 구매라고! 공급과 수요의 원칙
은 경제적 방정식이라기보다는 개인들의 정신 및 신체적
균형 유지의 문제라니까.

　– 요컨대, 존재하는 불행을 치유하기 위해 더 많은 소유
를 하는 거군.

　– 그거야! 적어도 이건 하나의 대답이니, 아무것도 없
는 것보다는 낫지.

　– 그리고 소비사회를 위해 돌멩이 하나를 더 쌓는 거지.

　– 그 표현을 추방해야 해. 그건 케케묵은 표현이고, 마르

크스주의적 의미론의 찌꺼기야. 우리가 소비사회에 맞세우는 건 뭐지? 결핍 사회? 상속자 부재, 절제, 기아 사회?

그들은 혈액순환을 위해 발을 굴렀다. 극한의 추위에서는 코와 입으로 담배 연기를 내뿜으면 따뜻해진다는 착각이 든다. 자기 자신을 화덕으로 여기는 것이다.

– 네 말이 맞아. 그리고 다른 게 있지. 번영사회, 차라리 이렇게 부르자고.

– 그래, 그게 낫네.

– 그 사회가 수백만, 수십억의 사람들을 살게 하지.

– 맞아.

– 그 사회는 몸에 안락함을 제공함으로써 정신을 해방하지. 생계에 대한 끊임없는 걱정을 인간에게 면제해 준다고! 그 사회는 정신적·도덕적 진보를 가능케 해주는 발판이야. 그것은 우리가 생각하게 하고, 앎 가운데로 나아가게 해줘. 나는 굶주린 현자를 믿지 않아. 도마뱀을 먹는 천재의 신화를 믿지 않는다고. 배가 빈다고 결코 정신도 비지 않아! 부유한 사회는 복잡하고, 고도로 정교하며, 모순과 논쟁이 난무하지. 이것이 그런 사회를 위한 최고의 논거라고.

노숙 인생

－ 게다가 나는 크리스마스를 만든 사람들에게 경의를 표해. 신의 탄생일을 골라서 나무 밑에다 아이들을 위한 선물을 쏟아붓고 나라 경제에도 활력을 불어넣고 말이야, 정말이지 천재적이잖아!

－ 이 나무를 자를까?

그들은 밧줄로 나무를 끌어 가져왔다. 철문에 이르자 간수가 문을 열어주었고, 그들은 건물로 들어섰다. 비노그라도프 소장이 그들에게 욕설을 퍼부었다. 그들이 늦게 왔기 때문이었다. 피오트르와 파벨은 **지적 일탈행위로** 인해 30년형을 선고받고 수용소에서 복역 중이었다. 그들은 정치학을 가르치던 대학에서 서로 알게 되었는데, 그저 숲속에서 조용히 미국에 대해 토론하는 걸 좋아했을 뿐이다. 어쨌든 알래스카는 그리 멀지 않았다. 해협 건너편에 있었다.

그들은 전나무를 장작용으로 잘라 수감자들이 떨고 있는 감방의 낡은 난로 속을 채웠다.

우편물

(…) 당신의 맹세는 그저 사랑을 배반하고 뒤로 숨는 병풍이었을 뿐이고, 당신의 편지는 그저 말뿐이었고, 당신의 어떤 말도 문자 그대로 받아들여질 수 없기에, 내가 한 남자에 대해 느꼈던 사랑을 모든 남자에 대한 증오로 바꿔 놓은 당신을 저주하며 난 떠나겠어.

제인

그는 편지를 봉투에 다시 집어넣고 모래밭에 무릎을 꿇은 채 말이 없었다. 몹시 난감했다. 우선, 그는 서정성을 끔찍이 싫어했다. 하지만 진짜 심각한 건 그게 아니었다. 어쩌면 그의 호기심이 신들의 벌을 받은 걸까? 그는 작은

노숙 인생

칼을 사용하면서 기뻤다. 그가 작은 야자나무 토막을 깎아서 손잡이를 만든, 아름다운 자개 칼날이었다. 만드는데 꼬박 이틀이 걸렸는데, 결과물을 보고서 그는 아주 흡족했다. 태평양 한가운데에 자리한 이 해변에 내던져졌지만 근사한 작은 사물 하나를 자신에게 선물할 수 있었으니 말이다. 빌플링겐 대학에 있는 그의 마호가니 책상 위에 뒀더라도 미관을 해치지 않았을 물건이다. 그런데 지금 그는 편지를 개봉한 걸 후회했다.

또 한 번의 기회를 허용해야 할까? 가방은 저기 열린 채 놓여 있었다. 그는 손을 가방 쪽으로 뻗어 새로운 봉투 하나를 집었다.

(…) 내가 내 직감에 귀를 기울였더라면 나의 문과 마음이 영원히 닫힌 걸 당신이 좀 더 빨리 알았을 텐데. 내 실망도 나의 경멸만큼 크다는 걸 아세요.

살로몬

이번에는 운이 안 좋았다. 더 고집부려봐야겠다. 의도는 선량했다. 그는 내재적 정의를, 하늘의 신호를, 마법사의 그 모든 잡동사니를 믿지 않았다. 그는 여기서 정말이지 혼자였고, 상황은 그가 이 작은 파격을 스스로 취하도록 허용해주었다. 누구도 그에게 무엇을 비난할 수 없었다. 다음 편지는 마이애미의 중앙우체국에서 발송되었고, 로스앤젤레스로 잘못 보내졌다가, 오스트레일리아로의 대양 횡단 연결을 제공해주는 **스태튼 아일랜드** 우편선에 태워졌다. 대단히 평범해 보이는 봉투는 투표할 때 쓰는 봉투와 비슷했다. 그는 자개 날에 잘리는 종이의 마찰음을 좋아했다. 그것은 그가 커피 향기를 맡으며 우편물을 열던 슈바벤의 겨울 아침 시간을 떠올렸다.

돼지 낯짝!

당신 일이나

신경 써

익명의 편지였다! 그는 칼을 내던졌다. 얼굴이 하얗게 질리지는 않았다. 열대 기후에 몇 달 동안 노출되어 얼굴이 그을었기 때문이다. 그러나 눈에 눈물이 맺히더니, 뺨의 소금기 위로 두 줄기 눈물이 달팽이 흔적처럼 흘러내

노숙 인생

렸다. 그의 손은 저주받은 손인 게 분명했다. 그는 어려서 제비뽑기 모자에서 한 번도 좋은 번호를 뽑지 못했던 걸 떠올렸다. 하지만 이곳에서는 학교 복권을 뽑는 게 아니잖나! 여긴 태평양이고, 남회귀선에서 수백 킬로미터 떨어진 쿠크 제도의 남쪽이며, 그는 4개월 전에 사람이 살지 않는 이 환상산호초에 난파되었다. 그가 오스트레일리아로 가려고 객실 하나를 잡은 **스태튼 아일랜드** 호의 잔해는 4백 미터 깊은 심해에 가라앉았다. 선박은 1946년 11월 26일에 불어닥친 태풍으로 어스름한 새벽에 산호초 경계에 부딪혔다. 그는 나무 파편과 방수 트렁크 두 개와 더불어 모래밭에 내던져진 유일한 생존자였다. 첫 번째 트렁크에는 식량이 담겨 있었다. 두 번째 트렁크는 우편물 가방이었다.

그는 검지로 봉투를 찢었다.

산타 할아버지, 저에겐 이제 할아버지밖에 없어요. 아빠가 막 돌아가셨어요. 엄마는 치료해주시던 의사 선생님과 함께 떠났어요. 어린 동생 피에르는 팔이 없어서 편지를 쓰지 못하고, 자크는 광산 먼지에 눈이 상해서 앞을 잘 보지 못해요.

제가 할아버지께 바라는 건 스미스 가족처럼 장난감이 아니라, 점점 더 기침이 심해지는 고모를 낫게 해줄 약이에요. 고모의 턱받이를 갈아드려야 해서 이만 줄일게요.

엠마

그는 오랫동안 망설였었다. 독일에서라면 자신에게 보낸 게 아닌 편지를 읽는 걸 끔찍이 혐오했을 것이다. 베르너 오버란트의 재침례파 교육은 그에게 양심의 가책을 전파했다. 오직 역경만이 그걸 뒤집을 수 있었다. 첫 몇 달은 생존에 전념했다. 그러나 조개잡이, 함수호의 물고기를 작살로 잡기, 밀랍 입힌 천으로 빗물 받기, 쌍각조개 날로 코코넛 깨기 같은 특별한 일들이 일상이 되고 나자 생각할 여유가 생겼다. 처음 떠오른 생각은 자기 연민이었다. 산호초 위의 시간은 절망적으로 길었다. 태양은 정점에 걸린 채 기울어질 생각 없이 내내 균형을 유지하고 있었다. 열기에 아연실색한 듯 새하얀 하늘에도 시간은 흘러가지 않았다. 야자수 그늘 밑에서 기다리는 저녁처럼 느리게 오는 건 아무것도 없다. 그는 우편물 가방을 곁눈질하기 시작했다. 거기엔 권태를 이기게 해줄 무언가가 있었다. 오늘 아침이 되어서야 그는 가방 속을 뒤질 마음을 먹었다.

> (…) 이젠 정말이지 당신에게 말해야겠어. 필라리아 똥 같은
> 인간쓰레기요, 가려움증과 암종이 만든 사랑의 산물 같은 인
> 간아. 당신은 쥐며느리보다 못한 종족이야. 선충류가 당신
> 을 토해낸 거야. 당신을 내 삶에서 내쫓아 망각의 하수구로
> 버려 버리겠어….

포기하지 않기. 그의 영혼의 순수성이 그의 행동을 사해주었다. 그는 그저 타인들의 이야기로 자신에게 약간의 좋은 시간을 내주는 것일 뿐이다. 가만히 무료함을 달래려고 편지 하나를 꺼내는 건 자신의 비참에 방향제를 살짝 뿌리는 일이다. 한 통의 편지는 아주 작은 동행이며, 누군가가 당신 생각을 했다는 증거이다. 과거에서 생겨나 현재로 쓰였고, 미래를 향하는 그 관심이 살아남아서 여행하고 느릿느릿 당신을 향해 다가오며, 수 킬로미터를 정복하고, 그리고 문득, 봉투를 열면 당신의 목에 달려들어 인사를 하고, 행복한 강아지처럼 당신을 열렬히 반기

는 것이다.

에디, 당신을 증오해 당신을 증오해 당신을 증오해
당신을 증오해 당신을 증오해 당신을 증오해 당신을 증오해
당신을 증오해
당신을 증오해 당신을 증오해 당신을 증오해 당신을 증오해
당신을 증오해 당신을 증오해 당신을 증오해 당신을 증오⋯.

이렇게 세 쪽이나 이어진다. 그렇지만 그의 의도는 소박했다. 덜 혼자라고 느끼고, 사소한 비밀을 공유하기 위해 사람들의 내밀한 삶 속으로 조용히 침입하는 것이다. 야금야금 쪼아 먹으며 우편물 속으로 도망치는 것이다. 그 가방 속에는 한 세계가 있었다. 필시, 통계적으로, 파렴치함도 어느 정도 있을 것이다. 그러나 나아질 것이다. 사금 조각들을 찾아야만 했다. 그런 다음 편지들을 봉투에 가만히 다시 집어넣어야 했다.

(⋯) 이보게 풀랭! 점점 더 나빠지는군! 지금 나는 런던에서
돌아오는 길이야! 청춘은 될 대로 되라 식이야! 길거리에는

인간이 단 한 명도 안 보여! 일 년 만에 모조리 증발해 버렸어! 향락적인 사람들, 무척추동물들, 감염된 스펀지들뿐이야! 그 꼭대기엔 이민자들이 있고, 조종석에는 여자들이 있지. 손잡이는 흑인들이 쥐고 있고! 저들은 이걸 재건축이라고 불러. 그리고….

그는 편지를 구겨서 물속에 던져 버렸다. 파도가 종이 뭉치를 가지고 놀더니 이내 집어삼켰다. 해야 할 일은 자신의 상상에 씹을 거리를, 꿈꾸기 위해 기댈 거리를 조금 제공하는 것이다. 몇 마디 다정한 말이면 충분할 것이다. 편지에 풀어놓은 한두 개의 이름, 약속의 암시면 충분할 것이다. 나머지는 그가 알아서 할 것이다. 그는 야자나무 그늘 밑에서 빛나는 미래를 상상할 테고, 연인들을 위해 성을 건축할 것이며, 주디첼라의 운하에 곤돌라 함대를 띄울 것이다. 그에겐 그럴 능력이 있었다. 그의 생각은 밀월을 기획할 준비가 되어 있었다.

(…) 단순하게 생각할래요. 내가 한 달 반 사이에 이 우편물에 대한 답장을 받지 못한다면 모든 게 끝난 것으로 받아들이

고, 내 슬픔의 고국으로 돌아가서 더는 생각으로조차 당신을 방해하지 않겠어요. 목숨을 잃게 되는 한이 있더라도 말이지요. 어차피 내 삶은 당신 없이는 아무 가치도 없으니까요….

그는 방법을 바꾸었다. 지금까지 우연은 그에게 실망만 안겨 주었다. 그는 모래밭에 가방을 엎고 무더기를 뒤졌다. 그의 눈은 꽃 장식띠로 장식된 분홍색 봉투에 끌렸다. 어린아이의 손이 터키옥색 잉크로 주소를 적은 것이었다. 아델라이드. 완벽한 전조였다. 그가 자리 잡아야 했던 도시였다. 그는 독일을, 전쟁을, 우중충한 들판을, 그리고 폐허가 된 도시들을 잊기 위해 생물학자 자리를 사임했다. 그리고 아델라이드 해양 연구 대학 산호초 연구팀의 새 직책을 받아들일 참이었다.

(…) 눈부신 날이었고, 방에는 꽃향기가 물씬 풍겼어. 그 애는 고통받지 않았어. 당신에게 편지를 쓰고 싶어 했지만, 그럴 시간이 없었지. 모든 게 너무도 빨리 진행되었어. 그 애가 작은 손으로 주소를 직접 쓴 봉투를 당신에게 보낼게. 그러니….

노숙 인생

태양이 그의 후두부를 내리쬐었다. 따가운 느낌은 없었다. 그는 두엄더미 속에서 꽃 한 송이를 찾고 있었다. 무작위로 다른 편지 한 통을 집는다.

　(…) 만 불이라고??!! 개새끼, 바보, 빌어먹을 개자식 같으니….

　순양함 〈USS 렌빌Renville〉은 이틀 뒤에 도착했다. 보초가 산호초 위에서 한 줄기 연기를 본 것이다. 선원들은 물에 보트를 내렸다. 해변에 내린 선장은 누더기를 걸친 가련한 남자의 환대에 무척 난감해했다. 남자는 그에게 해변의 우편물 가방 하나를 가리켰고, 배에 타기를 거부하고 죽은 목소리로 이렇게 말했다.

　― 저걸 가져가세요, 선장. 그리고 난 내버려 두세요. 그 세상으로 다시 돌아가고 싶지 않습니다.

내포[30]

"선생, 환영이 나타나지 않게 된 이후로 밤이 텅 비었고,
아주 천박하게 검다고 생각되지 않습니까?"

– 기 드 모파상, 《두려움》, 1884.

– 저기!

매일 저녁 그들은 내포를 찾았다. 바람 따라 떠도는 여
행을 하다 보면 사람이 깐깐해진다. 그들에겐 고요하고
극단적으로 야생적인 정박지가 필요했다. 사람의 흔적이
조금이라도 남아 있으면 어떤 장소도 평판을 잃었다. 바
스락거리는 나무숲에서 올라오는 연기 한 줄기보다 더 그
들을 기운 빠지게 하는 게 없었다. 그들은 누구와도 풍경
을 공유할 생각이 없었다. 바람이 그들을 인도한 해변에
도로가 있으면 그들은 항로를 바꾸었다. 물 위에서건 지

---

30) 'crique'는 '내포內浦'를 뜻하기도 하고, '귀신'을 뜻하기도 한다.

상에서건 뒤돌아가는 편이 행복을 보장했다. 지옥은 타인이 아니라 타인들이 도착할 가능성이다.

나뭇잎 위로 톱니 모양의 산 능선이 보이고, 초목에 잠긴 깊고 어두운 만이 이상적이었다. 쿠크 선장의 돛대가 섬 외곽에서 불쑥 나타날 법한 풍경 말이다. 키클라데스 제도에는 군대의 이빨을 용케 면한 그런 해안이 있다. 실편백나무 그늘 아래 모여 있는 님프 무리를 방해하게 되어도 놀랍지 않을, 호메로스 시에 나올 법한 그런 경관이다.

저녁을 먹고 나서 그들은 달을 보며 축배를 들기 위해 현문 사다리에 앉았다. 그들은 잔을 든 팔을 길게 뻗었고, 하얗고 커다란 달이 위스키 속에서 일그러졌다. 달은 매일 저녁 동쪽에서 떴고, 가지 친 나무들 위에 앉아 어둠 속을 느릿느릿 배회했다. 달은 바다 위에 은빛 칼자국을 냈다.

그들은 반짝이는 물속으로 뛰어드는 즐거움을 억누를 수 없었다. 에게해의 요오드와 뒤섞인 반짝임이 육신에 생기를 불어넣었다. 그들은 그것을 "이교도 목욕"이라 불렀다. 달의 꼬리 속에서 헤엄을 치는 건 반사를 통한 일광욕을 하는 셈이다. 그러고 나서 그들은 다시 배로 올라갔다. 시트[31])와 보트 로프는 돛 주위로 매끄러운 은빛을 그렸다. 어둠은 덜컹거리는 소리로 채워졌다.

별들 아래 모든 것이 질서정연했다. 배는 세상의 혼돈이 싫어진 허약한 영혼들에 적합하다. 배에 타면 모든 사물이 제자리에 있다. 물 위에 뜬 선체, 선체 속에 선 돛대, 돛을 부풀리는 바람. 제 쓰임새가 없는 물건이 하나도 없다. 에드는 클라라보다 훨씬 편집광적이었다. 그는 사소한 도구도 색깔 있는 뚜껑이 달린 플라스틱 상자에 정리했다. 파란색 손잡이가 달린 숟가락을 위한 상자가 하나 있었고, 하얀 손잡이가 달린 숟가락을 위한 상자, 심지어 가장 작은 상자들을 넣기 위한 큰 상자도 하나 있었다.

매년 그들은 3주 동안 항해했다. 소금보다 걱정을 잘 녹이는 건 없었다. 게다가 에드는 일 년 내내 여행했다…. 이 배는 그들 사랑의 항해 중심점이었고, 재회의 장소였다. 뱃머리에는 파란색 글씨로 이름이 적혀 있었다. **아드 비탐 ad vitam(삶에게)**. 덧없는 파도에 내거는 영원의 약속. 대개 그들은 달마티아 연안을 따라 항해했다. 그런데 이번 해

---

31) 돛 아랫귀를 펴서 묶는 밧줄.

노숙 인생

에 에드는 클라라에게 키클라데스 제도라는 깜짝선물을 하고 싶었다. 그는 그녀에게 자신이 어렸을 때 부모들이 항해했던 에게해를 알게 해주겠다고 자주 말해 왔다.

그들이 먹을 감고 나면 늘 하는 전통이 있었다. 에드가 물었다.

— 바흐 아니면 시나트라?

배에는 음반이 단 두 개밖에 없었기에 클라라는 번갈아 가며 선택했다. 어느 날 저녁엔 '바흐'라고 얘기했고, 다음 날엔 '시나트라'라고 했다. 그녀가 '바흐'를 얘기하면 에드는 물었다.

— 〈브란덴부르크 협주곡〉?

그러면 클라라는 말했다.

— 위스키와 아주 잘 어울리지!

게다가 그녀는 솔직히 바흐를 더 좋아했다. 〈브란덴부르크 협주곡〉은 그리스의 밤과 잘 어울린다. 2주 동안 항해하고 나니 그녀는 협주곡을 완전히 외울 정도가 되었다. 귀는 박자 하나하나를, 수학처럼 정확한 되풀이를 기다렸고, 템포가 정확히 그녀가 기다리는 지점에 떨어지면 심장은 환희에 찼다. 듣는다는 건 알아보는 것이다.

8월 13일 밤, 북풍이 푸르스름한 구름을 몰아갔다. 그 형태들은 길게 늘어났고, 흩어졌으며, 달 앞에서 타다 남은 양초 앞의 꼭두각시 누더기처럼 찢어졌다. 에드는 유리잔에 시바스를 따랐다. 그들은 누웠고, 흐릿한 변화를 응시했다.

– 봐봐, 클라라, 세이렌이야. 아냐! 발이 달렸으니 도롱뇽이네.

– 죽음에 쫓기는 곰이야.

– 돌고래를 탄 난쟁이야. 수염이 났잖아.

– 낫을 든 농부야.

– 농부가 집시 여자와 플라멩코 춤을 추고 있네. 집시 여자가 폴짝 뛰어 날아오르잖아.

그리고 바흐가 호프만 풍의 환상 카니발에 반주를 넣었다.

– 저기, 조가비 속에 여신이 있어. 클라라가 말했다.

– 이곳 사람들에겐 이런 밤이 있으니 신화를 지어낼 필요가 거의 없었겠어. 에드가 말했다.

– 위스키!

– 당신 너무 많이 마셔.

그는 양동이 속에서 얼음 조각을 찾았다. 그는 3년 전에 배 갑판의 식량창고 속에 작은 제빙기를 설치해두었다.

– 당신이 자주 떠나니까 내가 술을 마시는 거야. 그녀가 웃으며 말했다.

– 내가 떠나면 당신이 좋아하는 줄 알았는데, 그가 짓궂은 표정으로 말했다.

– 안 웃기거든.

– 못된 년! 내가 없는 동안 당신이 뭘 하는지 다 알아!

클라라가 펄쩍 뛰며 말했다.

– 뭐라고?

– 아무 말도 안 했어. 저건 원자폭탄 같은데.

– 당신 지금 나 협박하는 거야? 클라라가 말했다.

– 무슨 소리야, 농담한 거야. 내가 떠나는 게 어쩌면 당신이 좋아할지도 모른다고 말했지.

– 당신이 나를 못된 년 취급했잖아.

– 당신이 뭘 잘못 들은 거야.

– 그랬길 바라, 그녀가 말했다.

– 이리 와봐.

그가 두 팔을 벌렸고, 클라라는 그의 품에 안겼다. 그들은 달을 바라보았다. 분화구 때문에 얽은 위성의 둥근 형태를 쉽게 구분할 수 있었다. 고대인들은 어떻게 행성들이 편평하다고 생각했을까?

– 그런 건 잊자고. 에드가 가만히 얘기했다.

– 난, 자책할 일이 하나도 없어.

그는 눈썹을 치켜뜨고 자기 아내를 바라보았다.

– 클라라, 무슨 말을 하려는 거야? 그럼 난 자책해야 한다는 뜻이야?

– 그게…, 클라라가 우물거렸다.

– 당신은 내가 다르게 살길 바라지, 그렇지. 내가 여행을 덜 하길 바라는 거야?

– 난 아무 말 안 했어! 게다가 20년 동안 아무 말도 하지 않았다고! 내가 당신이 떠나는 걸 한 번도 막은 적 없잖아. 그녀가 응수했다.

그는 화난 얼굴로 선실로 내려갔고, 시가 커터를 찾으려고 식당 서랍들을 뒤졌다. 그리고 Roméo&Juliette n° 3를 입에 물고 갑판으로 돌아왔다.

– 피워도 되지?

– 물론, 그녀가 말했다.

　　　　　　　　　　　　　　　노숙 인생

– 내 연기가 달을 가리겠어!

– 그렇겠어, 그녀가 말했다.

– 시나트라를 들을까? 더 유쾌하잖아.

– 음반 가져올게. 그녀가 제안했다.

그녀는 일어나서 나무계단으로 접어들었다.

– 당신을 감시하지 않고 내버려 둘 정도로 내가 순진하다고 생각해?

클라라가 거칠게 돌아섰다.

– 이것도 농담이야? 그녀가 말했다.

– 내가?

– 그래! 새 장르야? 내가 내려가지 않기를 바라는 거야?

– 무슨 소리야? 쉬어, 술잔 조심해. 시나트라 음반은 내가 가져올 테니.

– 그래! 그녀가 말했다.

시나트라는 노래했고, 에드는 담배를 피웠으며, 시가의 연기 장막은 어슴푸레한 달빛을 붙들었다. 그는 아내의 손을 잡았다. 먼바다, 만이 열리는 지점의 섬들이 달빛에 드러났다.

– 물속에서 잠든 여자 같네, 에드가 말했다. 엉덩이가 물 밖으로 나와 있고, 저기는 둔부, 또 저기는 어깨잖아!

– 아, 정말 그렇네.

– 그리고 저기! 낮아지는 저 엉덩이, 우아하지 않아? 당신 같아. 감히 비교해도 된다면 말이야, 그가 말했다.

– 난 당신이 우아해서 그런 말은 하지 않을 줄 알았는데.

– 왜 그런 말을 해? 상처가 되잖아, 그가 말했다.

– 상처가 된다고?

– 그래. 내가 너무 우아해서 천박하게 그런 비교를 하지 않는 줄 알았다고 했잖아?

– 당신, 막 지어내는 거야, 에드! 당신이 섬의 우아함에 대해, 그리고 이 모든 것으로부터 낮아지는 섬의 엉덩이에 대해 말했잖아!

– 여보, 우리가 미쳐가고 있나 봐. 만월이야. 만월에 관한 온갖 얘기들이 있잖아. 너무 풍성한 보름달이 뜨면 사람의 머리가 이상해지는 것 같아!

그들은 한동안 입을 다물었고, 곧 에드가 다시 식당으로 사라졌다. 클라라는 음악을 들었다. 그녀가 잔을 입술로 가져갈 때 얼음 부딪치는 소리가 났다.

노숙 인생

- 에드?

- 왜?

- 다시 올라와!

그는 식당 창을 통해 고개를 내밀고 아내를 응시했고, 그녀가 앉은 의자로 돌아왔다.

- 어느 날, 아주 초기에, 당신이 내게 말했지. 당신에게 절대적 꿈은 배를 타고 매년 며칠 동안 떠나는 거라고. 당신이 내게 이 말을 했고, 난 그게 나를 유혹하기 위한 말이라고 생각했어. 생각나, 에드?

- 그래, 맞아. 그건 내가 무엇보다 바랐던 일이고, 바로 그렇게 살고 있잖아.

- 이게 행복이지, 그녀가 말했다.

- 그래?

- 그래, 그녀가 말했다. 우리가 소유한 것을 계속 갈망하는 것 말이야.

- 맞아!

- 우리는 이미 가진 것을 계속 갈망하고 있어.

- **그건 아니지! 오늘 저녁엔 당신이 틀렸어. 지난번 저녁에는 내가 당신을 속였지만.**

클라라가 너무도 벌떡 일어나는 바람에 들고 있던 잔의 내용물이 갑판 위로 쏟아졌다. 위스키는 니스칠 된 나무 위에서 일렁이는 작은 웅덩이를 만들었다.

– 당신, 구역질 나, 에드!

– 왜 그래?

에드는 질겁한 표정으로 아내를 바라보았다. 그녀는 손으로 뱃전을 붙든 채 화가 나서 뱃머리를 향해 갔다. 에드가 그녀를 따라가서 어깨를 붙잡았다. 클라라의 오른쪽 뺨에 한 줄기 눈물이 흘러내렸고, 달빛이 눈물을 비춰 반짝 빛났다.

– 여보, 돌아가서 앉자고. 망치지 말자고.

재즈가 감미롭게 물결치고 있었다. 그들은 선미 조타석으로 돌아왔고, 그가 그녀를 끌어안았다. 그녀는 살짝 떨고 있었다. 그들은 춤을 췄고, 배는 흔들렸다.

오 예스, 예스, 예스! 바보 같은 당신, 당신은 무슨 말을 하는지도 모르지….

– 당신 날 모욕하고 있어.

– 다시 시작하지 마, 클라라, 난 당신을 모욕하는 게 아냐! 당신이 듣고 있는 건 음악이라고.

그녀는 어안이 벙벙한 표정으로 그의 어깨에 두 손을 얹은 채 그를 바라보았다. 그녀는 사람들이 위독한 환자들에게 말할 때 쓰는 어조로 아주 부드럽게 말했다.

– 난 아무 말도 안 했어! 그게 음악이라는 건 나도 알아.

– 내가 당신을 모욕한다고 방금 말했잖아!

– 당신 미쳤구나! 그건 시나트라 노래 가사잖아. *"You my little foolish baby, you don't know what you say"*!

그들은 앉았고, 다시 술잔을 들었다. 에드는 먼바다를 응시했다. 그녀는 수은을 품은 듯한 어둠 속에 또렷이 도드라지는 산 능선을 바라보았다.

– 프랭크라고 말해! 말해, 난 알고 있으니까!

클라라는 풀쩍 일어섰고, 손가락으로 남편을 가리켰다.

– 이젠 당신이 무서워, 에드! 당연히 이건 시나트라지. 당신이 원한다면 시나트라라고 몇 번이고 반복할 수 있어.

– 그게….

– 아냐, 입 다물라고….

에드는 갑판 데크 위에 떨어진 재를 쓸었다. 그리고 하바나 시가에 다시 어렵게 불을 붙였다. 그가 시가를 빨자

불붙은 시가 끝이 그의 얼굴 위에서 대장간 화덕처럼 타올랐다.

– 여보, 우리 침착하자고. 마치 우리가 환청을 듣는 것 같잖아. 우리가 여기서 벗어나야 하는 것 아닌지 몰라. 당신 추워? 내려가는 게 좋을 것 같아.

– 아니, 나 안 추워.

– 근데 떨고 있잖아.

– 당신이 내게 하는 말이 날 얼어붙게 하잖아.

– 뭔가 이상해.

– 그래, 에드, 당신 이상한 소리를 듣는 것 같아.

– 아냐, 클라라, 이상한 소리를 하는 건 당신이야. 이만 잘까?

– 아냐, 아냐, 난 밖에 있고 싶어! 내 담요 좀 올려다 줘.

에드는 갑판 아래로 사라졌다. 벽장이 삐걱거리는 소리가 들렸다. 눈에 보이지 않는 올빼미가 편백나무에서 외쳤다.

– 프랭크는 여기서 빼줘!

– 식당 창을 통해 꼭 악마 상자처럼 에드의 머리가 조타실 밖으로 불쑥 튀어 나왔다.

– 시나트라 이야기는 그만하자고, 그가 외쳤다. 당신 뭘 바라는 거야? 우리를 미치게 하고 싶은 거야?

클라라는 울음을 터뜨렸다. 에드는 벽장을 뒤져서 앞쪽 신실에서 담요를 쥐었다. 그는 담요로 아내의 어깨를 덮어주었고, 닻이 바닥에 끌리지 않는지 확인하려고 쇠사슬을 힐끗 쳐다보았다.

– 그자가 털어놓았어, 어리석은 여자야.

– 에드, 그만 좀 하라고! 뭘 털어놓았다는 거야?

에드가 선미 쪽으로 돌아왔다.

– 클라라, 난 아무 말도 하지 않았어. 입도 뻥긋하지 않았다고, 그가 침착하게 말했다.

그는 아내 앞에 무릎을 꿇었다. 그녀는 두 손에 얼굴을 묻고 있었다.

– 했잖아, 그녀가 흐느끼며 말했다. 당신은 앞에 있었고, 이렇게 외쳤잖아. "그자가 털어놓았어, 어리석은 여자야"!

그는 아무 대답도 하지 않았다. 그는 시바스 술병을 들었고, 앞 돛대에 걸린 태풍용 램프에 불을 켰다.

– 이 술을 그만 마셔야 할 것 같아. 이걸 어디서 샀더라?

– 파트모스 섬에서. 클라라가 말했다.

– 어쩌면 가짜 술일까?

– 물에 던져버려.

술병은 곡선을 그렸고, 한 줄기 달빛을 붙들고, 뱃머리에서 멀리 떨어지면서 수면에 부딪혔다. 그것은 조금 떠있다가 바다에 가라앉았다. 에드는 아내를 품에 안았다. 그리고 생각했다. 지금껏 한 번도 밤에 항해한 적이 없었지만, 이런 달빛과 장비를 갖췄으니 사모스섬으로 가는 게 그리 어렵지는 않을 것이다.

– 당신 뭘 하려는 거야?

– 내가 누구랑 뭘 하겠어? 에드가 말했다.

– 누구랑 뭐?

– 내가 하려는 것 말이야.

– 그걸 내가 어떻게 알아?

– 왜 그걸 나한테 묻는 거야?

이번에는 못 참고 그녀가 폭발했다.

– 당신은 나를 무시하고 있어. 당신은 가학적이야! 대체 뭘 원하는 거야?

– 당신 피를 흘리게 할 거야. 당신은 그래도 싸니까! 왜 내가 당신을 여기로 데려왔다고 생각해?

노숙 인생

그녀는 울부짖으며 뱃머리의 뱃전까지 물러났다. 에드가 두 팔을 내밀며 그녀 가까이 다가왔다. 그는 그녀에게 미소 지었다. 그녀를 달래고 선실에 눕혀야만 했다. 그녀의 몸이 녹기만 하면 그 장소를 떠날 작정이었다. 그는 앞으로 나아갔다. 미소를 짓고 있었지만, 달빛이 얼굴 위로 수직으로 쏟아져 그의 이목구비에 허연 그늘을 드리웠다.

– 여보, 여보….

그는 마지막 걸음을 내디뎠다. 그녀가 어떻게 그를 죽일 힘을 길어냈을까? 그녀의 손이 생선 비늘을 제거하는 도마 위에 놓인 칼을 발견했다. 2초 뒤 에드는 목에 칼날이 꽂힌 채 비틀거리며 헐떡였다. 그는 미처 준비도 되지 않았는데 게임이 이미 끝나버린 걸 알지 못하는 사람처럼 멍한 눈길로 그녀를 바라보았다. 그는 오금이 갑판 난간에 부딪히면서 비명도 지르지 못한 채 물에 떨어졌다.

사모스섬에서 형사 안젤리코는 젊은 여자에게 대단히 우호적이었다. 남편이 죽고 나서 몇 시간 뒤 그녀 스스로 한밤중에 경찰서에 출두했다는 사실이 정당방위에 신빙성을 부여하는 데 크게 기여했다. 그녀는 어깨에 담요를 두르고 손에는 뜨거운 커피를 든 채 모든 걸 이야기했다.

20년 동안의 사랑, 매년 거듭한 항해, 잔잔한 강물 같던 삶, 제로스 내포에 도착, 완벽한 정박, 갑작스러운 흔들림. 달, 불안한 형체들, 위스키, 남편이 미친 사람처럼 이상한 소리를 해대더니 위협적으로 변했고, 결국 그녀의 피를 보겠다고 말하며 그녀에게 덤벼들었던 일. 그 후 그녀는 돛을 올렸고, 항구까지 달려왔다.

형사는 형식상 수사일지를 펼쳤다. 일이 오직 그의 소관이었다면 그는 사건을 마감하고 젊은 여자를 놓아주었을 것이다. 그녀의 무죄석방은 이미 결정된 결론이었다. 뚱뚱한 형사는 문득, 20년 전 같은 내포에서 이상할 정도로 닮은 이야기가 일어났다는 사실을 떠올렸다. 제로스 섬에 정박한 한 커플이 작은 요트 위에서 서로를 칼로 찌른 사건이었다. 그 여름날 저녁엔 바다가 잔잔해서 해변에서 야영하던 어느 어부에게까지 싸우는 소리가 들렸다고 한다. 그 후, 키클라데스 제도의 이쪽에서는 그 장소를 저주받은 곳으로 여겼고, 그 지역에서 뱃놀이를 즐기는 누구도 그곳에 닻을 내릴 생각을 하지 않았다고 한다. 사람들은 죽은 자들의 영혼이 보름밤에 그곳을 배회한다고 말했다. 사모스섬의 늙은 어부들은 그 장소에 "죽은 자들

노숙 인생

의 만"이라는 별명을 붙였다.

클라라는 형사에게 그때의 조서를 간직하고 있는지 물었다. 그는 사라졌다가 10분 뒤 자기 자리로 돌아왔다. "1988년 8월 13일, 제로스만"이라는 제목이 붙은 서류를 들고 있었다.

그는 서류 한 장을 클라라에게 내밀며 말했다.

– 이겁니다. 어부가 듣고 적은, 그 사람들의 마지막 말이에요.

– 못된 년! 내가 없는 동안 당신이 뭘 하는지 다 알아.

– 난 자책할 일이 하나도 없어.

– 당신을 감시하지 않고 내버려 둘 정도로 내가 순진하다고 생각해?

– 난 당신이 우아해서 그런 말은 하지 않을 줄 알았는데.

– 그건 아니지! 오늘 저녁엔 당신이 틀렸어. 지난번 저녁에는 내가 당신을 속였지만.

– 당신 날 모욕하고 있어.

– 프랭크라고 말해! 말하라고, 난 알고 있으니까!

– 프랭크는 여기서 빼줘!

- 그자가 털어놓았어, 어리석은 여자야.

- 당신 뭘 하려는 거야?

- 당신 피를 흘리게 할 거야. 당신은 그래도 싸니까! 왜 내가 당신을 여기로 데려왔다고 생각해?

노숙 인생

등대

그것은 블라디보스톡에서 2백 킬로미터 떨어진 곳 위
에 우뚝 서 있었다. 러시아의 어떤 등대도 그것보다 남쪽
에 있지 않았다. 절벽 끝에 자리한 그것은 높이 20미터를
넘지 않아서 이젠 크게 쓰임새가 없었다. 먼바다를 지나
가는 사람이 거의 없었다. 때때로 그저 러시아 폐기장으
로 가는 중고 자동차들을 실은 일본 대형선박이나 사할린
을 향해 가는 유조선뿐이었다. 동해가 돛과 깃발로 북적
이던 시절은 흘러갔다. 그러나 등대는 수익성 있는 서비
스를 제공하기 위해 존재하는 것이 아니다. 불을 밝히려
고 있는 것이다.

등대는 한 세기 동안 물보라를 맞으면서 색이 바랬다.

등대 아래에는 등대지기의 순수한 러시아풍 작은 집이 통나무 사우나 옆에 자리하고 있었다. 정면에는 CCCP라는 글씨와 붉은 별 하나가 시간을 견디고 살아남았다. 그 건물은 소련 사람들에게 빚진 게 전혀 없었다. 그것은 19세기 말 크로종 반도의 브르타뉴인들이 세운 것이었다. 서쪽 피니스테르 사람들은 동쪽 피니스테르에 불을 밝히기 위해 유라시아를 가로질렀다.

블라디미르 블라디미로비치는 매일 등들의 상태를 확인하기 위해 114개의 계단을 올랐다. 동쪽으로는 동해가 펼쳐졌다. 남쪽으로는 산 능선이 북한과의 국경을 그리고 있었다. 이날 저녁엔 페리선 하나가 저 멀리에서 항해하고 있었다. 선체는 수평선 위에서 하얗고 고독한 직사각형을 그렸다. 바다는 넘실댔고, 바람도 불었다. 파도가 갑의 바위들을 물어뜯고 있었다. 파도의 인내가 절벽을 해변으로 바꿔 놓는다. 돌풍이 광야의 갈대들을 눕히고 있었고, 가을이 주변 숲을 붉게 물들였다.

- 블라디미르 블라디미로비치! 알렉상드라 알렉상드로브나가 외쳤다.

아내 목소리의 메아리가 계단에 똬리를 틀었다.

노숙 인생

– 뭐?

– 프랑스에서 편지가 왔어!

"(…) 친애하는 블라디미르 블라디미로비치, 이렇게 당신을 이곳으로 초대하게 되어 영광입니다. 12월 15일 우리는 브레스트에서 당신을 기다릴 것이며, 1월 5일에는 당신을 러시아로 돌아가게 해드릴 것입니다. 우리는 조상들이 국경지대에 세운 등대의 운명을 맡아서 책임지고 있는 분을 만나 뵙길 열렬히 바라고 있습니다. 당신을 우리 곁에 모실 기쁨에, 우리의 시설을 당신께 보여드리는 기쁨과, 공간과 시간을 초월하는 우리 두 나라의 우정에 상징적인 경의를 표할 영광까지 더해질 것입니다….

에밀 르 비앙,

브르타뉴 등대지기 노조 위원장,

2003년 10월."

시베리아 횡단철도가 블라디보스톡과 모스크바를 연결하는 데는 일주일이 걸린다. 블라디미르 블라디미로비치는 초대를 받아들였다. 프랑스 기관은 격식을 갖추었다.

그러나 러시아인은 육로를 통해 브르타뉴로 갈 작정이었다. 초대받은 곳에는 너무 빨리 가지 않는 것이 예의다. 비행기는 상스러운 사람들을 위한 것이다. 블라디미르 블라디미로비치는 창밖으로 자작나무와 전나무가 이어지는 풍경을 바라보며 여행했다. 그는 많이 먹었고, 밤에는 열두 시간을 잤으며, 그 여행 동안 《해상 등대에서 통상적으로 사용되는 프레스넬 렌즈에 관한 개론서》의 러시아 번역본을 읽었다.

브르타뉴에서의 첫 주는 끔찍했다. 화강암 절벽 위에서 사람들은 시베리아인에게 경의를 표했다. 노조는 위풍당당하게 만사를 준비해두었다. 러시아인에겐 일 초의 시간도 없었다. 그는 등대에 올라가서 등대지기들을 만났고, 공식 만찬에 자리했으며, 신호기들을 방문했고, 두세 번 강연도 했는데, 매번 위원장이 "바다, 하늘, 그림자와 빛이 교차하는 기념물, 등대"에 대한 울림 있는 연설로 마무리 지었다. 그날 저녁, 블라디미르 블라디미로비치는 활기 가득한 술집들을 보고 놀랐다. 크리스마스가 가까워져 유쾌한 떨림이 거리마다 넘쳐나고 있었다. 큰 축제를 앞둔 사람들의 몸과 마음에서 전율 같은 것이 느껴졌다. 플

노숙 인생

루케르넬의 전통 축제에서는 카자크의 춤이 큰 인기를 끌었다. 여행객들이 때때로 느끼는 그런 신비 중 하나로, 블라디미르 블라디미로비치는 고생대 석탄기의 대척점에서 자기 집처럼 편안하게 느꼈다. 사람들의 기질에 새겨지는 장소의 흔적은 대륙 양극단에 유사한 영혼들을 벼려냈다. 난간 가장자리에 사는 사람들은 가볍게 살지 않는다. 땅끝 가까이에서 산다는 것은 브르타뉴 사람에게나 극동 사람에게나 똑같은 몽상의 기질을 안겼다. 양쪽 다 영혼의 파도를 술에 녹이려는 성향을 지녔다. 이런 성격의 공동체는 얼굴에 티가 났다. 블라디미르 블라디미로비치와 노조 위원장은 서로 닮았다. 납작한 머리, 올리브 모양의 눈, 각진 이마 위의 밀짚 같은 금발, 하역인부 같은 거동.

카자크인들은 켈트인들과 한 가지 공통점을 지녔다. 세상 끝에 이른 두 민족은 물에 뛰어들 것인가 해안을 따라 정착할 것인가 사이에서 선택해야만 했다. 저녁이 되자, 격식 차린 만찬을 시작하기 전에 노조 위원장은 손님을 곳에서 바위 끝으로 인도했다. 블라디미르 블라디미로비치는 태양이 대서양으로 떨어지는 광경을 보는 걸 좋아했다. 동쪽 절벽 끝에 있을 때 러시아인은 새벽밖에 보지 못했다. 그런데 크로종 반도 끝에서 팡이르 곶을 발견했을 때 그는 그 광경 앞에서 삶을 끝내고 싶다고 생각했다. 하늘은 번뇌를 휘감고 있었다. 바람은 바다를 한껏 부풀렸다. 파도는 절벽 밑에서 거품을 물고 있었다. 브르타뉴에서도 똑같은 바다가 크림을 만들고 있다. 블라디미르 블라디미로비치는 지구가 고개 숙여 인사하는 듯 보이는 해안 암벽을 좋아했다. 그들이 들판을 가로지르고, 계곡과 행복한 마을들을 지나자 별안간 절벽이 나타났다. 지리에 잘린, 역사의 끝이었다.

– 저는 이런 풍경을 좋아합니다, 위원장님!

– 곧 지옥을 방문하게 되실 겁니다, 블라디미르!

블라디미르 블라디미로비치는 12월 22일 오후에 K.등대에 이르렀다. 우에상Ouessant 먼바다에 자리한 암석 위 40미터 높이의 원주에 모자를 씌운 K.의 등불은 배가 수면 위로 노출된 뻬죽뻬죽한 화강암에 부서지지 않게 해주었다. 러시아인이 등대 플랫폼의 밧줄까지 오는 동안 연락선은 그 바위와 거리를 유지하는 데 어려움을 겪었다. 르 비앙 위원장은 시베리아인이 브레스트에서 크리스마스 축제를 함께 보내길 바랐다. 등대지기 조엘 케르드롱은 귀한 손님이 그의 지옥에서 하룻밤을 보내기 위해 올 테니 마땅히 영접하라는 통보를 이미 받았다. 따라서 그는 3주째 열지 않던 입을 열었다.

– 안녕하시오! 그가 말했다.

블라디미르 블라디미로비치는 K.의 계단을 셌다.

228개. 그의 등대의 두 배였다. 그는 이미 이곳이 마음에 들었다.

러시아인과 등대지기는 파도의 웅성거림이 장단을 맞추는 가운데 말없이 저녁을 먹었다. 그들은 콩 수프와 구운 대구, 크림 넣은 감자 요리를 먹었다. 그리고 사부아 지방의 화이트 와인을 마셨다. 포크 긁히는 소리가 대화를 대신했다. 블라디미르 블라디미로비치는 밤새 등대 주위를 뛰어다녔다. 그는 서재의 내장재를 세세히 확인했고, 책 제목들을 꼼꼼히 살폈으며(고골의《타라스 불바Tarass Boulba》와 레르몬토프의 시집 한 권이 있었다!), 렌즈를 보고 감탄했다. 새벽에 태풍이 일었다. 바다는 흰 베일로 뒤덮였다. 납빛이 된 하늘은 파도 거품에 맞닿았고, 바람은 등대 탑 속에서 울부짖었다. 담배 진에 찌든 등대는 신음했고, 공기에서는 요드 냄새가 났다. 블라디미르 블라디미로비치는 들떴다. 르 비앙 위원장은 아침 8시에 무전을 쳐서 이런 저주를 쏟아냈다. "날씨가 저기압일 줄은 알았지만, 태풍이 이렇게 갑자기 닥칠 줄이야 누가 알았겠어요?" 오후에도 기압계는 하락을 계속했다.

블라디미르 블라디미로비치를 연말에 육지로 데려갈 희망은 몽땅 사라졌다.

둘째 날 밤, 바다는 K.를 무너뜨리려고 온 힘을 쏟는 것처럼 보였다. 대서양의 역정에 두 남자는 식욕을 잃었다. 굉음이 심해서 블라디미르 블라디미로비치는 이따금 등대가 맹렬한 공격에 굴복하는 건 아닌지 확인하려고 잠자리에서 일어났고, 팔꿈치를 괴고 케르드롱을 바라보았다. 평온하게 자는 그 브르타뉴인의 얼굴에서는 아무 문제도 없으며, 등대는 잘 버티고 있으니 걱정할 것 없이 자도 좋다는 확증이 읽혔다. 지상의 등대지기들은 지옥의 주인들처럼 바다의 태풍에 길들지 않았다. 다음날 오후 3시, 병약한 태양이 가벼운 휴식을 알리며 낮은 구름층을 뚫고 나왔다. 파도는 조금 약해졌지만 바람은 외출을 허용하지 않았다. 르 비앙은 30분마다 무전을 쳐서 상황에 침울해했고, 러시아인이 브르타뉴의 크리스마스 열기를 맛볼 수

노숙 인생

없다는 걸 아쉬워하며, 다음날 태풍의 꼬리에 맞서서 직접 그를 데리러 와서 이 운명의 공격을 바로잡아주겠노라고 장담했다. 위원장은 마침내 시베리아인을 놓아주었다. 마음속으로 블라디미르 블라디미로비치는 그 상황에 기뻐했다. 그에게는 대서양의 밤 최전선에 자리한, 폭풍우가 몰아치는 돌탑에서 크리스마스 밤을 말 없는 은자와 함께 보내는 것이 아늑한 별장의 지나치게 따뜻한 실내에서 칠면조를 함께 나누는 것보다 훨씬 흥미진진해 보였다. 르비앙의 배려는 결국 그에게 아침의 러시아식 수프에 마요네즈를 너무 많이 넣는 것과 똑같은 결과를 낳았다.

저녁 5시에 블라디미르 블라디미로비치는 행동에 나섰다. 그는 자기 여행가방을 열어 물자파악을 했다. 모든 러시아인처럼 그도 비닐에 빽빽하게 음식물을 담아 다녔다. 연어알 1킬로를 담은 유리병, 〈이르쿠츠크 소식지〉에 싼, 바이칼호에서 잡은 생선 몇 조각, 중국차, 우크라이나의 돼지기름 한 덩이, 몰도바 식초에 절인 오이, 스탠다드 보드카 2리터짜리 한 병을 비상용으로 가지고 왔다.

– 휴대용 난로가 있습니까?

조엘 케르드롱은 플랫폼 쪽으로 난 방수문의 경첩에 기

름칠을 하던 중이었다.

– 추우시오?

– 아뇨, 크리스마스를 위해 깜짝선물을 해드리려고요.

– 크리스마스요?

등대지기는 연말이 그의 습관을 조금이라도 흐트릴 수 있으리라고는 상상도 하지 못했다. 그의 삶은 등대불처럼 규정을 따랐다. 20년째 매년 그는 12월 24일에 기계장치 점검과 무전 전송을 끝내자마자 잠자리에 들었다. 사람들이 보편적인 사건을 축하하기 위해 모인다는 사실은 그에게 아무런 영향도 미치지 않았다. 웬 러시아인이 성탄절 저녁에 와서 휴대용 난로가 있냐고 물어본다는 사실에도 그는 동요되지 않았다. 그는 등대지기였다. 육지에 살고 있지 않았다.

블라디미르 블라디미로비치는 2시간 동안 분주히 움직였다. 전기난로를 작은 망루로 가져가서 난방 스위치를 최대한 올렸다. 그리고 담요로 꼭대기 유리 이음새와 계단으로 통하는 문의 틈새를 틀어막았다. 나선형 계단으로 힘들게 올려온 매트리스를 이용해 외부 통로로 난 문도 막았다. 그는 등대 불빛의 축이 자유롭게 움직이는지 살피며 넓은 알루미늄포일을 유리창에 붙였다. 저녁 8시에 등불실 기온은 45도였다.

러시아인은 다시 아래로 내려왔다. 그는 서재 탁자 위에 훈제 생선들을 늘어놓았다. 그리고 양배추 하나를 삶았고, 흑빵을 두툼하게 잘라 버터를 발랐으며, 그 위에 연어알을 포크로 크게 떠서 올렸다. 각각의 빵조각에는 얇게 썬 레몬 한 조각과 회향 한 가지를 얹었다. 그리고 작은 오이를 길게 네 쪽으로 잘라 접시 위에 가지런히 담았고, 토마토와 오이와 피망을 동그랗게 잘라 꽃 모양을 만들었다. 돼지고기는 얇게 썰고, 치즈는 깍두기처럼 썰었다. 그리고 보드카 병 옆에 잔 두 개를 놓았고, 차를 위해 3리터의 물을 끓였다. 양배추는 부드럽게 푹 익어서 수프 그릇 속에서 촛불에 비쳐 반짝였다.

위쪽 큰 유리창 속 수은은 60도를 가리켰다. 블라디미르 블라디미로비치는 미역 한 아름을 난로 옆에 두었다. 케르드롱이 날씨가 따뜻할 때 바위에서 따서 탕약용으로 부엌에서 말린 것이었다.

처음에 브르타뉴 사람은 아무것도 손대지 않으려 했다. 그는 배가 고프지 않다고 말했고, 자러 가고 싶다는 핑계를 댔으며, 그런 의식에 익숙하지 않다며 이날 저녁도 다른 날들과 똑같은 저녁일 뿐이라고 말했다. 크리스마스건 아니건 배들은 산호초 먼바다를 지나갈 테고, 그의 등대 불빛은 그 배들을 난파로부터 보호해야 한다고. 첫 번째 보드카 잔이 두 번째 잔을 받도록 그를 설득했다. 블라디미르 블라디미로비치는 건배를 외쳤다.

– 밤의 파수꾼을 위하여! 한 잔 들고, 양배추도 좀 드세요.

– 희망의 빛을 위하여! 한 잔 들고, 오이 한 쪽.

– 빛의 승리를 위하여! 한 잔 들고, 연어알 조금.

보드카는 제 할 일을 했다. 그것은 러시아인의 기운을 후려쳤고, 브르타뉴인의 무력증을 해체했다.

– 긴 밤의 등대 같은 어린 예수를 위하여! 한 잔 들고, 토마토 반 개.

그들은 술 1리터를 비웠다. 둘이서 마실 때 보드카는 절대 고통을 안기지 않는다. 건배 원칙은 정신분석 없이 지내기 위해 러시아인들이 고안해낸 것이다. 첫 잔에 사람들은 시동을 건다. 둘째 잔에는 진지하게 말한다. 셋째 잔에는 가방을 비우고, 그러고 나면 영혼을 뒤집어 보여주

노숙 인생

고, 자기 심장의 마개를 열어 모든 것이—억눌린 원한, 화석이 된 비밀, 억제된 권위—알코올 목욕 속에 녹거나 폭로된다.

—이제는 **바냐**³²⁾를! 블라디미르가 말했다.

러시아인은 작은 망루로 올라가는 228개의 계단 중 38개에 초를 켰다.

그들이 문을 열었을 때 열대 열기가 그들 얼굴을 후려쳤다. 미역은 난로 옆에서 굳어 있었다. 그것들은 **베니키**로 쓰일 것이다. 시베리아인들이 자기 피를 돌게 하려고 사용하는 자작나무 가지 말이다. 온도계는 70도를 가리켰다. 유리창 안쪽에는 물방울이 맺혔다. 두 등대지기는 옷을 벗었다. 구조물이 흔들렸다. 바람은 가라앉지 않았다. 밤은 등대를 호되게 다루고 있었다.

러시아인과 브르타뉴인은 바다표범처럼 거칠게 숨을 쉬었다. 돌풍이 후려치는 유리창 속에서 노릇노릇 몸을 태웠다. 등대 불빛이 비칠 때마다 두꺼운 유리창은 붉게 물들었다. 15분이 지났다. 기온이 올라갔다. 살갗은 빨개

---

32) 러시아식 사우나.

졌다. 심장 박동은 빨라졌다. 인체에 축적된 독이 숨 막힐 정도의 찜통 덕에 밖으로 배출되었다. 두 몸은 정화되었다. 러시아인은 땀을 줄줄 흘리며 작은 잔에 술을 따랐다.

– 새벽빛에 영광을! 한 잔.

– 빛의 승리를 위하여! 한 잔.

바냐의 원리는 열충격 과학에 토대를 두고 있다. 러시아인들은 중도를 끔찍이 싫어한다. 그들은 바냐만 있으면 어디에서도 잘 지내는 법을 알아냈다. 내부는 화덕인데, 외부는 극지다. 블라디미로비치는 통로 문을 열었고, 브르타뉴인을 바깥으로 밀었다. 바닷물 40미터 위쪽에서 바람이 그들 귓전에 대고 울부짖었다. 첫 몇 초는 그들에게 다시 태어나는 느낌을, 그다음 몇 초는 죽는 느낌을 안겼다. 혈관이 졸아들었고, 추위는 외피에 갑옷을 입혔다. 기온이 영하로 내려가서 머리카락이 얼어붙었다. 유리창 아래 피신하고 싶은 유혹에 넘어가지 말아야 했다.

– 난간을 붙들어요! 블라디미르 블라디미로비치가 말했다.

저 아래에서는 밀려오는 파도가 바위 위로 부서졌다. 바위는 짠 속살을 찢었다. 허리케인이 빨아들였던 물보라

더미가 등대에 부딪히며 폭발했다. 빛줄기가 무심히 어둠을 찢었다.

브르타뉴인이 쾌활해진 것이 크리스마스의 기적이었다. 극동 대적점의 등대지기인 블라디미르 블라디미로비치가 광란의 밤에 잔을 흔들며 미역을 한 아름 들고 그의 옆구리를 후려치자 케르드롱은 똑같은 열정으로 그리스도의 기적에, 자신이 지키는 등댓불의 백 년 된 충정에, 언제나 다시 시작되는 파도의 힘에, 그리고 매년 12월 25일에 죽음에서 다시 탄생하는 불굴의 자연에 경의를 표했다. 뱅뱅 돌아가는 등이 어둠 속에서 점멸할 때 그는 비오듯 눈물을 쏟으며 돌풍을 향해 울부짖었다.

– 영원한 회귀를 위하여! 영원한 회귀를 위하여!

노숙을 꿈꾸는 이들을 위하여

낯설어서 기억하기 어렵고 발음하기도 힘든 이름을 가리켜 영국인들은 "턱뼈를 부술 이름jaw-breaking name"이라 하고, 헝가리인들은 "쇠시리 장식을 잔뜩 단 이름"이라 하며, 네덜란드인들은 "혀를 삐게 할 이름"이라 표현한다는데, 프랑스인들은 엉뚱하게도 "**노숙할** 이름un nom **à coucher dehors**"이라고 말한다. 노숙과 이름이 대체 무슨 상관이 있어서일까? 산적이며 도둑이 횡행하던 중세 때, 여행객이 주막이나 여인숙의 문을 두드리고 재워달라고 하면 주인장은 잔뜩 경계하는 태도로 이름을 물어보곤 했다. 그리고 알아듣기 힘든 낯선 이름일 경우엔 방을 내주지 않아, 여행객은 마구간에 머물거나 한뎃잠을 자야만 했다. "노숙할 이름"은 이 풍습에서 생겨난 표현이다. 그래서 "노숙할"이라는 표현엔 "낯선", "괴이한", "이상야릇한", "기상천외한" 등의 의미가 내포되어 있다.

이 책의 제목 "Une vie à coucher dehors"를 문자 그대로 번역하면, "**노숙할** 인생"이다. 저자 실뱅 테송은 노숙의 삶을 살아왔고, 여전히 그렇게 살고 있다. 그의 방랑벽은 열아홉 살부터 시작되었다. 자전거로 1년 동안 31개국을 돌며 2만5천 킬로미터를 달리기도 했고, 5천 킬로미터를 걸어 히말라야 구석구석을 탐험했으며, 말을 타고 카자흐스탄부터 우즈베키스탄에 이르기까지 3천 킬로미터에 이르는 중앙아시아 대초원을 가로질렀다. 또한 시베리아 수용소에서 탈출해 바이칼 호수, 고비사막, 히말라야산맥, 티베트를 거쳐 인도에 이르기까지 7천 킬로미터를 걸은 슬라보미르 라비츠의 행보를 따라 걷기도 했고, 러시아 바이칼호숫가의 외딴 오두막에서 여섯 달 동안 자발적 은둔생활도 했으며, 나폴레옹 군대가 러시아에서 퇴각하며 걸었던 4천 킬로의 길을 좇고, 프랑스 남동쪽 끝 메르캉투르에서 북서쪽 끝 노르망디까지 잊힌 시골길들만 따라 1천 킬로를 걷기도 했다. 이렇게 노숙은 그의 일상이 되었다.

그래서 실뱅 테송의 이름에는 늘 여행가, 모험가, 지리학자, 탐험가 같은 수식이 따라붙는데, 정작 그는 어느 인터뷰에서 자신을 이렇게 규정했다. "나는 기자도 지리학자도 아니고, 무엇 하나 발견한 적이 없으니 탐험가도 아닙니다. 모험가는 딱히 직업이라 할 수 없겠고요. 아마도 나는 이야기하기 위해 여행하는 종족에 속하는 것 같네요."

그렇다, 그의 걸음은 매번 이야기를 낳는다. 쉰 살을 막 넘긴 지금까지 그가 30년 넘게 걸으며 둘러본 광대한 세상은 여행기, 에세이, 단편소설, 사진집, 아포리즘 등 다양한 형태로 그의 글 속에 담겼고, 수많은 독자가 그걸 읽고 열광했다. 이를테면 그가 쓴 《호메로스와 함께하는 여름》은 프랑스에서 2018년 에세이 분야의 가장 많이 읽힌 책이 되었고, 2019년에 출간한 《눈표범》은 테송을 그해에 가장 많이 팔린 베스트셀러 작가로 만들었다. 세상에 여행자가 넘쳐나고 여행기도 차고 넘치는데, 왜 독자들은 유독 실뱅 테송의 여행과 글에 열광할까? 그의 여행이 엔진의 힘을 빌지 않고 "자연과 대등한 조건에서" 자연에 그대로 자신을 맡기는 여행이어서일까? 그가 향하는 곳이 대개 사람의 발길이 잘 닿지 않는 세상의 난간과 구석들이고, 그가 걷는 걸음이 속도에 가려진 사물들의 모습을 관찰할 만큼 느려서일까? 혹은 존재 내면에 스며드는 풍경의 영향력을 잘 아는 그가 풍경 속으로 들어가 풍경과 하나가 되는 듯 보여서일까? 아니면 많은 눈이 놓치는 "시적인" 무언가를 포착하는 그의 눈길 때문일까? 그가 털어놓듯, "여행자로서 살아온 삶이 그 어떤 상상이 낳을 수 있는 것보다 훨씬 시적인 무엇을 지리적 현실 속에서 보게" 해주어서?

혹자는 실뱅 테송을 발로 쓰는 작가라 하고, 또 혹자는 발과 눈으로 쓰는 작가라 말하는데, 그는 그 이상을 꿈꾸는 작가다. 그의 발길은 숨은 풍경으로 인도하고, 그의 눈길은 그 풍경 너머를 보고, 그의 상상은 눈길 너머를 연장한다. 그래서일까. 그의 글은 독자들의 사랑에 더해 평단의 인정까지 받았다. 이 책 《노숙 인생》은 2009년 단편 부문 공쿠르 상을 수상했고, 《시베리아의 숲에서》는 2011년 에세이 부문 메디치 상을, 《베레지나》는 2015년 '112 페이지' 상과 위사르 상을, 《눈표범》은 2019년 르노도 상을, 2022년에는 작품 전반으로 폴레 드 뫼르소Paulée de Meursault

상을 수상했으니 말이다.

　열다섯 편의 단편을 모은 이 책도 태송의 걸음이 낳은 멋진 결실이다. 이 책에서 그는 조지아, 네팔, 텍사스, 이란, 인도, 프랑스, 멕시코, 키르기스스탄, 시베리아, 아프가니스탄, 에게해, 낙소스 항구, 스코틀랜드, 어느 무인도, 시베리아 수용소, 브르타뉴의 등대 등, 온 세상의 작고 미미한 사람들, "실존의 거미줄에 걸려 버둥거리는" 불운한 인간들을 그려 보인다. 아스팔트를 깔아 세계화 대열에 합류하려는 오지 산골 마을 사람, 집약 축산업에 절망한 축산업자, 오랜 불평등과 학대에 어느 날 문득 복수하는 세계 곳곳의 여성들, 바다에 홀로 떨어진 톱모델, 무인도에 조난된 온갖 국적의 뱃사람들, 아프가니스탄의 지뢰제거반 병사, 우편선이 무인도에 난파되면서 그와 함께 내던져진 트렁크에 담긴 편지를 읽는 난파자, 40년 동안 숨어 살다가 어처구니없는 최후를 맞는 어느 살인자, 세상 끝의 등대지기… 등의 인물들을 등장시켜 탁월한 이야기꾼으로서의 재능을 한껏 펼쳐 보인다. 단편 〈섬〉에서 권태라는 진짜 암초에 부딪힌 무인도의 조난자들을 매일

노숙 인생

한 편의 이야기로 매혹하는 인물 로트카처럼, 실뱅 테송은 소란스럽고 시시하고 권태로운 이 세상에 조난된 우리를 꿈꾸게 한다. 그의 이야기에 귀를 기울이면 눈앞에 광대한 세상이 펼쳐진다. 파도가 출렁이고, 태양이 이글거리고, 돌풍이 불고, 고독과 추위가 덮쳐온다. 노숙의 삶이 시작된다.

2024년 1월

백선희

노숙 인생

첫판 1쇄 펴낸날 2024년 2월 6일
첫판 2쇄 펴낸날 2024년 8월 8일

지은이 | 실뱅 테송
옮긴이 | 백선희
펴낸이 | 박남주

펴낸곳 | (주)뮤진트리
출판등록 | 2007년 11월 28일 제2015-000059호
주소 | 서울시 마포구 토정로 135 (상수동) M빌딩
전화 | (02)2676-7117 팩스 | (02)2676-5261
전자우편 | geist6@hanmail.net
홈페이지 | www.mujintree.com

ⓒ 뮤진트리, 2024

ISBN 979-11-6111-125-4 03860

• 잘못된 책은 교환해드립니다.